KB147902

버킷
프로젝트

**베스킨보다
소중한 나의 31가지
버킷리스트**

안병조 지음

Bucket Project

버킷프로젝트

초판인쇄	2018년 04월05일
초판발행	2018년 04월 15일
지은이	안병조
발행인	조현수
펴낸곳	도서출판 더로드
마케팅	최관호 최문섭
IT 마케팅	신성웅
편집교열	맹인남
표지 & 편집 디자인	오종국 Design CREO
ADD	경기도 고양시 일산동구 백석2동 1301-2
	넥스빌오피스텔 904호
전화	031-925-5366~7
팩스	031-925-5368
이메일	provence70@naver.com
등록번호	제2015-000135호
등록	2015년 06월 18일
ISBN	979-11-87340-89-8-03810

정가 15,000원

파본은 구입처나 본사에서 교환해드립니다.

BUCKET PROJECT

버킷프로젝트

베스킨보다 소중한 나의 31가지 버킷리스트

도서출판 더로드
The Road Books

서문

나의 버킷, 너의 버킷,
우리의 버킷

2017년 12월 25일 크리스마스를 카페에서 보내 던 중 갑자기 이런 생각이 들었다. 매일 매일을 크리스마스 같은 하루를 보낼 수는 없을까? 내 대답은 "가능할 것 같다."였다. 그리고 나의 버킷을 적어 나갔다. 버킷을 적으면서 가슴이 뛰었을까? 엄청 가슴이 뛰었다. 이루어질 것이라는 확신도 있기 때문에 가슴이 설렌다. 그런데 '이 기쁨을 많은 사람들이 누리고 있을까?' 라는 생각을 해봤을 때 '아닌 것 같다' 라는 생각이 들었다. 경험을 통해 버킷리스트의 소중함을 깨닫게 되면서 나뿐만 아니라 모든 사람이 이 사실을 깨닫고 행복하게 살 수 있도록 도와주고 싶다는 생각이 들었다.

그래서 탄생한 것이 버킷프로젝트이다. 첫 번째 버킷프로젝트 주제는 "베스킨보다 소중한 나의 버킷 31가지"였다. 베스킨을 먹으러 가서도 31가지 아이스크림 중에 가장 맛있는 아이스크림을 먹기 위해 고민을 하면서 베스킨보다 소중한 자신의 인생을 위해 31가지 버킷을 생각해내지 못 한다면 너무 슬프지 않은가? 나의 머릿속에서만 놀고 있던 버킷을 31가지를 적어보는 시간. 생각보다 31가지를 적는 것이 쉽지 않을 것이다. 그리고 31가지를 정한 이유가 있다.

두 번째 프로젝트는 "목적과 수단을 구분하자"이다. 대부분 목적과 수단을 구분 못하고 살아가고 있는 것 같다. 대학은 나의 꿈을 위한 수단이지 내 삶의 목적이 될 수는 없다. 난 수단은 명사가 될 수 있지만, 목적은 명사가 될 수 없다고 생각을 한다. 두 번째 프로젝트를 통해서 목적과 수단을 구분하고 진정 나에게 필요한 버킷을 선택해보자. 남들이 말하는 두루뭉술한 버킷이 아닌 진정 내 가슴속에서 나를 울리게 만드는 나만의 버킷!

또한 "공유를 통해 나의 버킷을 업그레이드 하고, SNS를 통해 내가 할 수 밖에 없도록 세상에 알려라!"이다. 혼자 생각만으로는 버킷을 이루게 하는 힘을 얻기가 힘들 때가 있다. 그때 굳이 내가 어렵게 생각해서 혼자 힘으로 찾으려고 하지 말고 질문을 통해, 조언을 통해 버킷을 이룰 수 있도록 도움을 얻으면 된다. 그리고 SNS에 올림으로 인해서 할 수 밖에 없는 상황이 될 것이다. "3년 동안 1000권 읽겠다."라는 목표는 페이스북에 올리지 않았다면 아마 난 중간에 포기 했을 것이다. 이 글을 올림으로 인해 주변에서 엄청난 질문 공격을 받았었다. 질문뿐만 아니라 수많은 응원 속에서 3년 동안 948권을 읽을 수 있게 되었다.

세번째 프로젝트로 당신의 물통의 상태를 파악했으면 한다. 내 물통이 더럽지는 않는지, 잘 못된 버킷으로 채워져 있지는 않은지? 마지막으로 내 물통이 가득 채워져 있는 상태인지를 파악했으면 한다. 나의 물통의 상태를 통해 건강하고 즐거운 나만의 버킷들로 가득 채워나가서 진정 내 삶이라고 할 수 있는 주도성이 있는 삶을 사셨으면 한다.

'죽기 전에 꼭 하고 싶은 일'을 '매일 실천하며 행복한 삶을 사는 일'로 탈바꿈 하고 싶은 당신에게 이 책을 바친다.

2018년 4월

저자 **안병조**

Contents | 차례

서문
나의 버킷, 너의 버킷, 우리의 버킷 • 04

PART 01 버킷프로젝트를 기획하다 • 13

01 버킷프로젝트를 기획하다 • 15

　　버킷이야기 ① • 25

02 마인드가 중요하다 • 31

　　버킷이야기 ② • 35

03 실패는 그냥 실패이다 • 36

PART 02 베스킨보다 소중한 나의 31가지
버킷프로젝트 1단계 • 39

01 베스킨보다 소중한 나의 31가지 버킷리스트 • 41

02 기록으로 남기지 않는 것은 기억에도 남지 않는다 • 46

03 첫날이 중요하다 • 49

버킷이야기 ③ • 51

PART 03 세상에 하나 뿐인 나만의 버킷 프로젝트 2단계 • 55

01 버킷은 수정되어야 한다 • 57

02 왜 31가지 목표였을까? • 60

03 좋았던 버킷! 꼭 해야 되는 버킷!! 성장에 도움이 되는 버킷!!! • 62

　　버킷이야기 ④ • 70

04 공유를 통해 버킷을 업그레이드 하자 • 74

　　버킷이야기 ⑤ • 86

05 목적과 수단을 구분하라 • 97

06 블로그, 페이스북, 카카오톡을 통해 나의 목표를 알려라!! • 102

PART 04 물통이 흘러넘치게 만들어라
버킷프로젝트 3단계 • 107

01 당신의 물통은 어떤 상태인가? • 109

02 부정적인 마음만으로 사람을 죽일 수 있다 • 113

03 왜 저런 식으로 말하는 거지? • 118

04 인정받고 있는가? • 122

05 듣고 싶은 칭찬이 있다면, 그 행동을 해라 • 126

06 괜찮은 척은 그만! • 130

07 물통이 흘러 넘쳐야 하는 이유 • 134

08 물통이 흘러넘치게 하라 • 139

글을 마치며...
새롭게 추가된 나의 버킷 • 142

머릿속에서만 놀고 있던
버킷을 31가지를 적어보는 시간.
생각보다 31가지를 적는 것이
쉽지 않을 것이다.

01

버킷프로젝트를
기획하다

Part 01

기분 좋게 2018년을 준비하던 중
이런 생각이 떠올랐다.
난 행복한 2018년을 보낼 것 같은데
대부분의 사람들은
행복한 2018년을 보낼까?

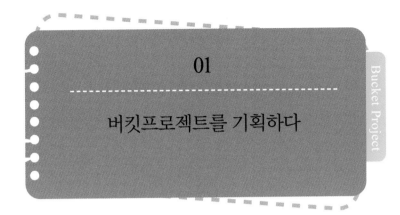

01

버킷프로젝트를 기획하다

매년 초, 매월 초 우리는 지키지도 못할 거창한 계획들을 세운다.
작심 3일을 반복하는 우리의 계획은 도대체 무엇이 문제인걸까.

– 〈습관의 재발견〉의 스티븐 기즈

신나는 20대를 보내고 30대가 되었다. 나의 20대를 뒤돌아
보니 스펙보다는 나만의 스토리로 가득 채워져 있었다. 나의 스
토리로 가득 찰 수 있었던 이유는 버킷리스트를 작성하고 매일
그 꿈이 이루어질 것이라는 확신을 가지고 매 순간을 살았기 때
문이라고 생각한다.

나의 버킷은 10대 부터 시작 되었다. 10대에 작성한 버킷리스트

를 통해 나만의 20대를 보낼 수 있었던 것이다. 10대 때 버킷을 보면 "20대가 되면 20개국 여행하기", "한라산과 백두산 등산하기", "나의 이야기가 담긴 책 쓰기", "부자 되기", "빈민가 아이들을 위한 도서관 짓기", "세계적인 강사가 되겠다." 등 여러 가지 버킷리스트가 있었다.

버킷리스트를 기록했기 때문일까? 10대에 기록한 나의 버킷들은 대부분 다 이루어졌다. 그런데 나는 23살 때 까지 외국에 한 번도 나가보지 못했다. 군대를 다녀오고 다시 내 삶을 돌아 봤다. 나의 버킷이 있었는데...

그리고 나의 버킷을 꼭 이루고 싶었다. 20대 20개국 여행하기는 23살 처음으로 떠난 홍콩여행을 시작으로 신기하게도 29살 홍콩여행을 끝으로 이 버킷이 이루어졌다. 내가 다녀온 나라를 보면, 홍콩, 태국, 대만, 캄보디아, 미국, 영국, 프랑스, 스위스, 이탈리아, 오스트리아, 바티칸, 체코, 인도, 중국, 일본, 필리핀, 마카오, 말레이시아, 인도네시아, 북한, 러시아를 다녀왔다. 일본과 홍콩은 5번이나 다녀왔고, 인도도 4번이나 다녀왔다. 나의 소중한 버킷이 '했으면 좋았을텐데' 라는 형태로 머릿속에만 남았다면 '지금 내가 20개국을 갔다 왔을까?' 라는 생각이 든다.

머릿속 생각 쓰레기로만 남겨 놓기에는 우리의 버킷이 너무 소중하지 않은가?

빈민가에 도서관 짓기 버킷도 이루어졌다. 현재 인도에 4개의 도서관이 새워져가고 있는 중이다. 인도여행을 계획하면서 특별한 여행을 보내고 싶었다. 그래서 생각해낸 것이 주변 사람들에게 연필&볼펜을 모아서 빈민가 아이들에게 나눠줘야겠다는 생각이었다. 펜이 나오는지 안 나오는지 확인을 하고 밤새 포장을 했다. 인도에 살고 있는 가장 친한 친구를 통해 빈민가 지역에 있는 아이들에게 펜을 선물 해줄 수 있었다. 펜을 선물해주면서 생각을 했다. 볼펜은 잉크가 마르면 사용할 수 없으니 연필을 선물하자. 이왕 선물할거면 내가 직접 만든 연필을 선물하자는 생각을 하게 되었다. 그래서 미라클팬슬이 탄생하게 되었다. 그리고 몇 개 월 뒤 펜을 선물 해준 아이들에게 도서관을 선물해야겠다는 생각이 들었다. 몇 권의 책과 작은 공간을 활용해서 빈민지역에 도서관이 지워지게 되었다. 인도에 있는 아프간 난민들을 위한 학교에도 아프간 청년들이 영어를 공부할 수 있도록 책을 지원해주고 있다. 이렇게 시작된 작은 도서관이 벌써 4개가 되었다.

27살 광복절에는 한민족의 명산, 백두산에서 목숨을 걸고(?) 태극기를 들고 사진도 찍었다. 북한이 살기 어렵게 되면서 백두산의 일부를 중국에 팔게 되었다. 이것에 분노한 남한의 여러 단체들이 현수막을 들고 백두산에서 반대 시위를 한 적이 있다고 한다. 이 일에 분노한 중국이 백두산에는 현수막을 갖고 올라 갈 수 없게 했다. 잠바 속에 태극기를 숨겨 놨다가 공안이 안볼 때 태극기와 함께 사진을 살짝 찍었다. 우리의 명산에서 우리의 태극기를 들고 사진을 못 찍는 다는 사실을 안타깝게 느끼며...

몇 가지만 적어봤지만 우연이라고 하기 에는 너무 많은 일들이 일어난 것 같다. 29살에 쓴 책 〈미라클팬슬〉도 곧 나올 예정이다(지금 책이 더 먼저 나옴^^;). 20대에 이루지 못해서 아쉽지만 30살이 되고 곧 나오니 성공했다고 나는 생각한다. 20대가 되어서 버킷을 추가로 작성했다. "3년 동안 천 권 읽겠다." "대한민국 사람들에게 꿈을 선물해주겠다." 등 버킷을 작성하고 나의 버킷을 사진으로 뽑아 나만의 보물지도를 만들어 놓고 매일 보면서 이루어질 것이라는 믿음을 가지고 살아가다 보니 버킷들이 현실이 되었다.

기억해야 될 것은 버킷을 작성했다는 것이다. 그리고 진짜 확신을 가지고 믿었다. 그리고 스펙 대신 나만의 버킷을 이루어 나가며 나만의 스토리를 만들어갔다.

2017년 12월을 마무리 하는 과정에 난 20대를 지나 30대를 맞이할 준비를 하고 있었다. 그리고 생각했다. 30대에는 어떤 버킷을 작성해 볼까?

"30대가 끝나기 전에 노벨평화상을 받자!" "전 세계를 돌아다니면서 전 세계화폐를 모아서 전 세계 사람들의 소망이 담긴 평화의 도서관을 아프리카 수단에 짓자!", "베스트셀러 작가가 되자." "월드컵직관 하자", "세바시에 출연하기." "서울에 세바시와 같은 강연쇼를 부산에 만들자! 꿈밤!", "30대 후반이 되면 시골을 돌아다니며 그 지역에 담긴 역사를 찾아내서 대한민국 문화를 되살리자!" 등의 꿈을 새롭게 작성했다.

이 글을 적는 지금 이 순간에도 다시 가슴이 떨린다. 왜냐하면 이루어질 것이라는 확신이 들기 때문이다. 내 버킷을 보면 '저런 것들을 해야 되는 거야?' 라는 착각을 할 수도 있을 것이다. 당신은 이런 버킷들을 안 해도 된다. 남의 버킷이 아닌 자신만의

버킷프로젝트

버킷을 작성해 나갔으면 된다. 대단하고 큰 것은 누가 정한 것인 가? 자신이 정하면 된다. 뒤에 소개하겠지만 나도 간단하지만 실천하기 어려운 버킷리스트도 많다. 어렵고 쉽고는 마음가짐의 차이인 것 같다. 누군가는 엘리베이터에서 만난 이웃에게 인사 하기가 어려울 수도 있지만 누군가에게는 너무나 당연한 일인 것처럼 말이다.

기분 좋게 2018년을 준비하던 중 이런 생각이 떠올랐다. 난 행 복한 2018년을 보낼 것 같은데 대부분의 사람들은 행복한 2018 년을 보낼까? 새해를 맞아 또 목표를 설정할 것인데, 작심삼일 을 넘어 습관으로 자리 잡을 수 있을까? "아니다"라는 생각이 떠 올랐다. 그럼 '나만 행복한 삶을 살지 말고 다른 사람들도 행복 한 삶을 살 수 있도록 도와줘야겠다'라는 생각이 들었다. 나만 행복할 수 있는가? 나만 성장할 수 있는가? 그럴 수는 없다. 함 께 성장하고 함께 웃을 수 있어야 진정한 행복한 삶이 아니겠는 가?

대부분 사람들은 목표라는 이름을 들으면 부담감을 느낀다. 그 래서 목표라는 이름대신 버킷리스트에 버킷이라는 이름을 사용

했다. 가벼우면서도 쉽게 습관으로 만들 수 있는 프로젝트이다. 이 버킷프로젝트는 2018년 1월 1일을 시작으로 시작되었지만 굳이 1월이 아니라도 시작할 수 있다. 마찬가지로 2018년이 아니라도 언제든지 시작할 수 있고 언제든지 습관으로 만들 수 있다. 이 책을 통해 언제든지 버킷프로젝트를 시작했으면 좋겠다.

2018년 1월 1일 첫 오프라인 모임을 공지할 것이라고 SNS을 통해 공지를 했다. 1월 1일에 버킷프로젝트를 여러 사람들과 함께 시작하게 되었다. 이 작은 시작을 통해 여러 곳에서 동시다발적으로 모임이 만들어지기 시작했다. 현재는 어른들 모임, 초등학생 모임, 청소년모임 등 다양한 그룹이 형성되었다.

버킷이야기 01

우지혜

전 아침 일기책 사서 오늘부터 작성했는데 기분 좋게 하루 시작했어요. 월요일을 항상 힘들어 하는데 요거 덕분에 오늘 할일 체크도 하고 감사일기까지 ㅎㅎ

박경랑

꿈모닝! 내가 받은 무수한 축복에 고맙습니다. 매일 도전할 목표라.. 팔자걸음->동네방네 소문냈더니 직장동료가 계속 지적해줌에 고맙습니다.
꿈모닝.^^ 버킷3 모든 음식 먹기 전에 1초 동안 생명에게 감사하고 식사하기
매일이 미얀마 가던 날처럼 설레고 소중한 날이니까 고맙습니다.
다들 오늘도 소풍같이 설레는 하루 보내시길^^

장원종

전 오늘 거울보고 혼잣말 시원하게하고 출근했습니다! 마지막인 오늘도 파이팅입니다!

정효평

팔굽혀펴기 5개 못하고 나왔네요 ^^;;

여정빈

오늘이 이틀째임에도 벌써부터 중간에서 그만하고 싶다는 생각이 조금은 들었습니다. 그때 마다 '건강해진다... 살이 빠진다... 즐겁게 운동하자.' 라고 되뇌이며 끝까지 해냈습니다!!

하루하루 힘들어질거라 예상해봅니다... ㅋㅋ그래도 여러분들이 응원해주시니 해낼 수 있을 것이라 믿어요!! 주말에도 꼭 할 거예요!!

그럼 저는 이만 출근 준비하러 갑니당~ 다들 버킷 이루는 하루되세요!!??

꿈모닝!!^^

오늘은 어제보다 동그라미(데일리 버킷)가 더 많은 하루를 보내게요!!^^

오늘도 다들 기적 같은 하루 보냅시다^^

모모 읽으면 열심히 자전거 타는 중입니다!! 우리 버킷식구들 다들 일찍 일어나니 좋네요^^ㅋㅋ

안병조(나)

사실 많이 피곤하고 다시 눕고 싶네요!! 하지만 의지를 가지고 하루를 시작합니다!! 다들 퐈이팅해요!! 전 하루 종일 카페에서 보내기 하러 왔습니다 ㅋㅋ

전 하루 종일 카페에 있기 성공입니다 ㅋㅋ미라클펜슬 책 완성했습니다 ㅋ

이호일

저도 예배 후 밥 먹고 커피&책 읽는 여유를 누리고 있어요.

저 책 월요일부터 읽어서 다 읽어가요 2주에 1권이 버킷인데ㅋ

하고 싶은 게 더 생기네요! 모두 하고 싶은 걸 성취하시길 응원합니다.

홍미정

우헤헤 운동하니 힘이 더 솟아납니다.

매일 습관잡고 싶은 것 디테일하게 적어보고 오늘부터 도전~~~

남편과 함께 웃긴 사진 찍었습니다.

남미숙

아직 실천 못 하고 있는 일인 입니다..

그래도 여러분과 같이 한다는 기분 탓에 항상 업입니다.

오늘도 홧팅들 하시고 즐 하루 되세요.

이선희

굿모닝 입니다.

오늘 아침도 아침일기와 유산균과 물 한잔으로 기분 좋게 시작했습니다. 버킷 리스트 작성하고 다양한 생각도 해 본 알찬 시간 이었어요~^^

아이들이 버스를 못타 학교까지 데려다 주는 길에 아이들한테 화내고 큰소리 친 게 마음에 걸리지만 '괜찮다, 괜찮다, 오면 더 잘해주자. 그리고 왜 화를 냈는지 내 마음을 돌아보자' 하며 릴렉스하고 있습니다.

한파가 다시 시작했다고 하는데 선생님 조심해서 다녀오시고 충전만 땅 해서 오십시오. 한주 행복해요.

박성은

하루 버킷리스트 1일 차 _

물을 약 3L를 마시는 것은 어째 보면 물을 마시는 일은 당연한 일이라고 쉬운 일 일것 같다고 생각 했는데 꽤 마시기가 힘들었다. 생각 나면 마시고 마시고 하니 1.5L도 내 몸 속으로 하루에 채우기가 힘들었다. 감사 일기는 마지막 하루를 마무리 하면서 쓰니 매우 안정이 되었고 정말 도움이 되었다. 매일 거울 보며 웃기도 어려웠다 거울을 보면 내 얼굴 때문인지 아니면 교복을 갈아입을 때, 또는 아침에 일어나서 세수를 할 때 학교를 가기 싫다는 마음에 짜증나는 심정을 얼굴로 표현해서 그런지 행복하게 웃음 짓기는 많이 어려웠다! 하루에 책 한권 읽기는 책을 좋아하는 나에게 아주 식은 죽 먹기였다. 바쁜 날에도 책을 어김없이 읽는 아주 좋은 습관을 들이고 싶다! 나에 대한 생각은 밤에 잠이 들기 전 생각 이 많이 나곤 한다. 내 진로, 내가 좋아하는 것에 대해서 깊이 생각 하면 잠이 들곤 한다. 너무 어렵다. '나' 라는 존재는 언제쯤 알 수 있는 것일까! 체크리스트의 반 정도를 실천 한 것 같다 완벽한 목표 달성을 위해서가 아니라 내 자신을 위해서 체크리스트를 앞으로 더 최선을 다해 세우고 노력할 것이다??

문종현

영화의 필름이 돌아가듯 내가 만든 영화를 보는 사람들의 마음속에 내 영화가 필름처럼 돌아가 관객들의 마음과 머릿속에 필름처럼 계속 맴 돌고 내 이름도 기억에 계속 맴돌면 좋겠다.

영화감독을 성공하여 불우이웃을 열심히 돕기!!!
1년에 50편 이상 보기 꼭
1000만 관객 달성영화 꼭 만들기 ㅎㅎ

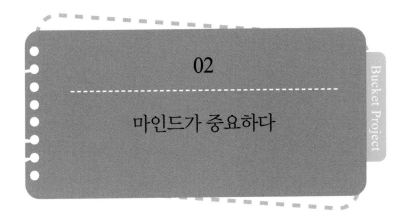

02

마인드가 중요하다

Bucket Project

나는 똑똑한 것이 아니라 단지 더 오래 고민할 뿐이다.

−아인슈타인

2018년을 내 생애 최고의 일 년으로 보내고 싶은가? 2018
년을 넘어 매년 매 순간을 여러분의 인생에 최고의 순간으로 보
내고 싶다면 버킷프로젝트에 도전해보자.

사실 마인드가 정말 중요하다. 아무리 거창한 계획도 안 될 것이
라고 생각하면 안 된다. 한국 스포츠의 새로운 영웅, 대한민국
테니스 역사를 새로 쓴 정현선수의 인터뷰를 보면 이 선수가 아
시아에서 처음으로 메이저대회 4강에 간 이유를 알 수 있을 것
이다. 16강전에서 전)세계 1위였던 노박 조코비치(31 · 세르비아)를

3-0으로 꺾은 뒤 했던 인터뷰를 보자. 이 인터뷰는 조회 수 25만 건을 기록했다. 인터뷰의 백미는 "3세트 타이브레이크 때 3-0에서 3-3으로 추격을 허용했다. 그때 무슨 생각을 했나"라는 질문에 대한 대답 부분이다. 정현은 "1, 2세트를 땄기 때문에 4, 5세트에 가도 상관없다고 생각했다. 내가 조코비치보다 더 젊기 때문이다. 나는 2시간은 더 뛸 수 있었다. 하하. 그래서 3세트는 져도 상관 없었다"고 말해 폭소를 끌어냈다. 이미 이겼다는 마인드가 느껴지는 것은 나뿐일까?

"마지막 게임 40-0, 매치포인트를 잡고 오히려 브레이크 포인트를 내줬다. 마지막에 흔들렸던 이유가 무엇인가?"라는 기자의 질문에 정현선수의 대답이다. "세레머니를 어떻게 할까 고민했는데..." 이미 끝난 경기 아닌가! 손자병법을 보면 이런 말이 나온다. '먼저 이겨 놓고 싸워라" 이 말이 떠오르는 대목이다. 마인드의 힘은 정말 대단하다.

"2018년은 내 생애 최고의 일 년이 될 것이다"를 자신에게 외쳐주길 바란다. 그리고 잘 보이는 곳에 꼭 붙여 놓고 매일 외쳤으면 한다. 난 아침에 거울을 보며 나 자신을 향해 이렇게 외친다."

나는 위대하다. 나는 존귀하다. 나는 기적이다" 당신도 이런 사람이다.

매년 계획을 세우고 고개 숙이는 일은 이제 그만 두자. 자신이 매 번 실패하는 이유를 고민 해봐야 한다. 당신이 실패하는 이유가 뭘까? 우리는 방법을 몰라서 실패하는 것이 아니다. 20세기 최고의 과학자 아인슈타인이 이런 말을 했다. "미친 짓이란, 매 번 똑같은 행동을 반복하면서 다른 결과를 기대하는 것이다." 사람들이 성공했다고 해서 그 방법이 나에게 딱 맞지는 않는다. 그렇다면 그 방법을 나에게 맞는 방법으로 수정할 수 있어야 된다. 매번 실패로 끝나고 고개를 숙였다면 목표가 잘 못 되었다는 것을 깨달아야 된다. 이번에는 성공할 수밖에 없는 목표를 세워야 된다. 목표라는 거창한 이름을 잠깐만 내려놓고 버킷프로젝트를 통해 더 이상 고개 숙이지 말자. 올해는 가치 있는 삶에 한 발짝 더 다가가자! 미친 짓은 그만하자!

익명

우리 버킷 시작한지도 2주가 지났네요~

힘차고 설렘만 가득안고 시작했던 게 엊그제 같은데.... 하루하루 지나면서 저의 데일리 버킷리스트 표에 자연스레 x표가 더 많은 하루가 되어가고 있었네요.ㅠㅠ

이번 주 미라클에서 나누었던 모모에 나오는 말입니다.

'시간은 삶이다. 그리고 삶은 마음 안에서 산다.'

제가 평소에 시간이 없어서 못 했다라고 많이 얘기하는데(예를 들면 운동)

돌이켜보면 시간이 없는 와중에도 꼭 하게 되는 일들(예를 들면 책 읽기)이 있더라고요. 제 마음에 우선순위인 일들은 아무리 바빠도 어떻게든 하면서 마음에 없는 일들은 꼭 시간이 없어서 못했다는 핑계를 댄 것 같아요.

결국 시간이 없어서 못 한 게 아니라 마음이 없어서 안 한 것이더라고요.

내일부터는...아니 오늘 지금 부터는 나의 목표에, 버킷리스트에 온 마음을 쏟아야겠어요.

내일부터는 동그라미가 더 많이 표시된 표를 들고 돌아오겠습니다. 다들 남은 일요일 힐링도 하시고 행복하게 보내세요.

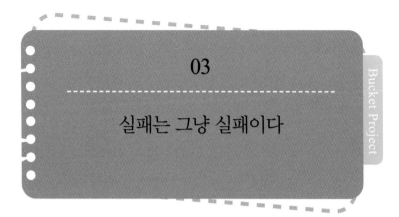

실패는 그냥 실패이다

누군가는 이렇게 말한다. "실패는 성공의 어머니다" 이 말에 동의 하는가? 난 그냥 실패는 실패라고 생각을 한다. 에디슨이 2,000번의 도전 끝에 전구를 만들 수 있었던 것은 1,999번의 실패하는 방법을 알았기 때문에 2,000번째에 성공할 수 있게 된 것이다. 중요한 것은 1,999번의 실패에도 포기하지 않고 도전하는 끈기와 한 번 한 번 실패할 때 마다 다른 방법으로 도전할 수 있었던 의지 때문에 2,000번째에 성공할 수 있었다고 생각한다. 그렇기 때문에 실패를 두려워하지 말고 도전했으면 한다. 단 실패한 방법으로 똑같이 도전하는 누를 반복하지 않았으면 한다.

〈습관의 재발견〉의 스티븐 기즈는 자신만의 성공습관 방법을 찾

았다.

저자는 만성적인 '귀차니즘' 환자이자, 운동하는 것이 부담스러울 정도로 빈약한 몸매의 소유자였다. 그러다 어느 날, '매일 팔굽혀펴기 한 번 하기'를 목표로 세웠고, 몸짱이라는 생각지도 못한 변화를 이뤄내면서 '작은 습관'의 힘에 주목하게 된다. 하루에 팔굽혀펴기 한 번은 한심한 목표일 수 있다. 그러나 별것 아닌 팔굽혀펴기 한 번이 지속되면서 가져오는 나비효과는 실로 엄청났음을 경험하면서 지킬 수 없는 위대한 목표보다 지킬 수 있는 사소한 행동이 인생을 바꿀 수 있음을 깨달았다고 한다. 중요한 것은 질문을 멈추지 않는 것이다. "어떻게 하면 버킷을 이룰 수 있을까? 어떻게 하면 나를 할 수밖에 없게 만들 수 있을까?" 초등학생 때의 신성한 호기심을 잃지 말고 자기 자신에게 끊임없이 질문을 던져보자. 실패에게도 질문을 던져보자.

당신의 삶은 소중하다. 왜냐하면 당신의 시간은 제한적이기 때문이다. 희소한 것에는 다 가치가 있다. 소중한 삶을 더 가치 있게 보내기 위해, 조금이라도 후회를 줄일 수 있는 삶에 도전해보자.

02

베스킨보다 소중한
나의 31가지
버킷리스트 1단계

Part 02

베스킨라빈스의
아이스크림이 31가지인 이유를 아는가?
31일 동안 매일 새로운 아이스크림을
골라 먹는 재미를 선물하기 위함이다.
이 아이디어에 착안해서
첫 번째 프로젝트를 기획했다.

01

베스킨보다 소중한
나의 31가지 버킷리스트

당신의 버킷은 무엇인가? 시간을 내서 한 번 적어보길 바란다. 3~5 정도 적어 보라는 것이 아니다. 31가지를 적어보자! 31가지를 적어내는 데는 많은 시간이 소요될 것이다. 12월을 보내면서 갑자기 이런 생각이 들었다. 우리는 베스킨라빈스에 가서도 31가지 아이스크림을 앞에 놓고 '어떤 아이스크림을 먹어야 잘 먹었다고 소문이 날까?' 라는 의미 없는 말을 되풀이하며 최고의 맛을 선택을 하기 위해 고민하고 또 고민을 한다. 그런데 웃기지 않은가? 베스킨보다 더 소중한 자신의 삶을 위해서 우리는 얼마나 고민을 하는가? 초등학생 때의 일이다. 정확히 기억을 나지 않지만 초등학교 2학년이었던 것 같다. 작은누나의 강요로 인해 억지로 슈퍼마켓에 작은누나와 함께 껌을 사러 간적이 있다. 나보다 한 살이 많기 때문에 누나는 3학년이었을 것이다. 슈퍼 입구에 아이스크림냉장고가 있고 그 위에 껌들이 놓여 있었다. 누나의 질문이 시작 되었다. "안병조, 이 껌 살까?" 누나에 질문에 "응"이라고 난 대답을 했다. 그랬더니 다른 껌을 보여주며, 누나는 다시 질문을 한다. "이 껌이 더 맛있을 것 같지 않아?"라고 물어 보길래, "그럼. 그 껌을 사"라고 말을 했다. 그랬더니 다른 껌을 가르키며, "이 껌은?" 이렇게 누나와 15분간 껌 쇼핑을 했다. 솔직히 돌아버리는 줄 알았다. 껌 하나 사는 데 무슨 15분이나 고민을 해! 누나만 만족스러운(?) 쇼핑을 무사히 끝내고 카운터로 가서 계산을 했다. 오랜 고심 끝에 드디어 계산이었다. 그런데 이게 뭔가? 슈퍼마켓 아줌마께서 갑자기 주머니를 까보라고 한다. "왜요?"라고 물었더니, 우리가 껌을 훔쳤다며, 빨리 껌을 꺼내라고 하는 것이었다. 우리는 너무 황당해서 "껌 계산하러 왔는데, 무슨 껌을 훔쳐요!"라고 말했더니 15분 동안 껌을 고루는 것이 말이 되냐라고 말씀을 하시며 우리 주머니를 검사하셨다. 검사 결과 다행히 껌은 하나도 나오지 않았다. 너무 황당했지만 지금 생각해보면 슈퍼 아줌마의 의심이 이해가 된다. 세상에 누가 껌을 고루는 데 15분의 시간을 투자한다는 말인가! 이 사건을 다시 생각하며 이런 생각이 들었다. 껌을 선택하는 데도 이렇게 신중한 사람이 있는데 껌보다 소중한 자신을 위해서 이 정도도 생각을 하지 못할 이유가 있는가? 아니, 누구나 할 수 있다. 모든 사람에게는 생각할 수 있는 힘이 있다.

베스킨라빈스의 아이스크림이 31가지인 이유를 아는가? 31일 동안 매일 새로운 아이스크림을 골라 먹는 재미를 선물하기 위함이다. 이 아이디어에 착안해서 첫 번째 프로젝트를 기획했다. 1월은 31일까지 있다. 1월 1일부터 1월 31일까지 하루에 한 가지씩 버킷을 성공해서 1월이 끝나기 전에 31가지 버킷을 성공시키는 것이 첫 번째 프로젝트의 핵심이다. 여러분도 적어보길 바란다.(다시 말하지만 1월이 아니어도 된다. 2월이라면 28가지를 정해보자.) 31가지를 생각해내는 것이 결코 쉬운 일이 아닐 것이다. 그렇다고 포기하지 마자. 스티븐 잡스가 말한 것처럼, 계속 갈망하고, 우직하게 적어나가길 바란다. 우리는 정해진 답을 맞추는 것에 익숙해진 사회에 살고 있다. 그로 인해 생각을 하는 것을 힘들어 하는 사회가 되었다. 독일의 건축역사가 "cornelius gurlitt"가 말한 것처럼 생각하는 것을 가르쳐야 하는 것이지, 생각한 것을 가르쳐서는 안 된다. 제발 부탁한다. 시간을 내서 31가지 버킷리스트를 작성해 보길 바란다. 소크라테스가 말했다. 너 자신을 알라고! 머릿속에 있는 버킷리스트를 손으로 써서 시각화를 할 수 있어야지 현실화를 시킬 수 있다. 계획 없는 버킷은 한낱 꿈에 불과하다. 여기 몇 가지 버킷리스트를 공유를 할테니 자신만의 스타일로 버킷을 작성해보길 부탁한다.

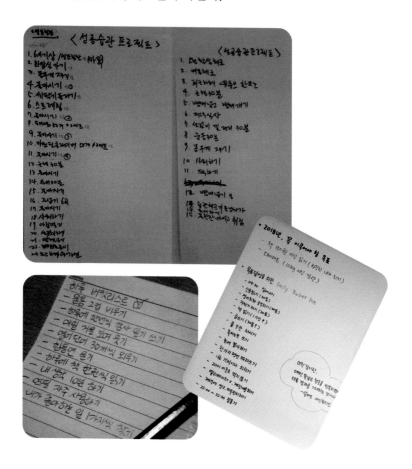

버킷프로젝트 31
Bucket Project 31

1. _____ ☐
2. _____ ☐
3. _____ ☐
4. _____ ☐
5. _____ ☐
6. _____ ☐
7. _____ ☐
8. _____ ☐
9. _____ ☐
10. _____ ☐
11. _____ ☐
12. _____ ☐
13. _____ ☐
14. _____ ☐
15. _____ ☐
16. _____ ☐
17. _____ ☐
18. _____ ☐
19. _____ ☐
20. _____ ☐
21. _____ ☐
22. _____ ☐
23. _____ ☐
24. _____ ☐
25. _____ ☐
26. _____ ☐
27. _____ ☐
28. _____ ☐
29. _____ ☐
30. _____ ☐
31. _____ ☐

기록으로 남기지 않는 것은
기억에도 남지 않는다

"기록이 기억을 이긴다."라는 말을 들어봤을 것이다. 기록으로 남기지 않으면 잊어버리는 경우가 많다. 나도 기억하지 못하고 그냥 지나칠 뻔 했던 약속들이 많다. 다행히도 다이어리에 적어놨기 때문에 약속을 지킬 수 있게 되었다. 언제든지 할 수 있는 건 언제든지 안하게 된다. 기록도 마찬가지다. 언제든지 할 수 있는 일은 마음만 먹으면 할 수 있는 일이지만 실패하는 사람들이 많은 것을 보면 신기하게도 마음을 먹는 사람들이 많이 없는 것 같다. 지금이라도 기록을 남기는 습관을 만들어 보자. 이것 또한 버킷 중에 하나가 될 수 있다. 2018년 버킷을 도전했던 모든 사람들에게 이런 말을 해주고 있다. 그리고 이 글을 읽는 당신도 이런 삶을 살았으면 좋겠다. "우리 정상에서 만납시다!"

세상이 정한 정상이 아닌 자신이 정한 기준에서 최고치를 달성해서 자신만의 정상에 도달했으면 좋겠다. 모든 사람이 Number One이 아니라 Only One의 삶을 살았으면 좋겠다.

지금 작은 버킷을 통해 하나의 점들이 찍힐 것이다. 이 점들이 아무런 의미 없어 보이지만 어느 순간 점과 점이 연결되어 있는 모습을 발견하게 될 것이다. 지금 우리는 이 점이 어떻게든 선으로 이어져 미래에 도달하고 말 것을 믿어야 한다. 의미 없는 버킷은 없다!

그렇기에 점으로 흘러 보내지 않기 위해서는 당신의 소중한 꿈들을 버킷으로 기록을 해야 된다. 실천하게 되면 기록하든 안 하든 똑같다고 생각할 수 있지만 기록을 했을 때는 했다는 것을 확인할 수가 있지만 기록을 하지 않으면 했는지 안 했는지도 모르고 그냥 지나치게 될 것이다.

그리고 버킷을 같이 하는 이유가 있다. 위에 사진이 이를 잘 설명해줄 것이다. "백문이 불여일견"이라고 백 마디 말보다 위에 사진 한 장이 더 잘 와 닿을 것이다. 서로를 관찰해줄 사람이 필요하다. 혼자는 빨리 갈 수 있지만 멀리(오래) 가지는 못한다.

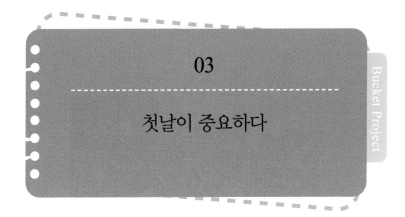

03

첫날이 중요하다

보통 사람들이 다이어트를 할 때 이런 말을 한다. "다이어트는 월요일부터 아니면 다음 달 1일부터 시작 아닌가요?", 금연도 1월 1일부터, 금주도 새 마음 새 뜻으로 도전하는 사람들이 많다. 이처럼 첫날은 우리에게 새로운 의미로 다가오는 것 같다. 매일 뜨는 해이지만 우리는 1월 1일 첫 해를 보기 위해 밤을 새고, 바닷가로 가서 일출을 보지 않는가? 그렇기에 1월 1일에 어떤 마인드로 어떻게 시작하느냐에 따라서 1년의 삶이 달라질 것이라는 생각이 들었다. 1월 1일 계획을 세우고 또 실패한다면, '역시, 나는 실패자야. 내가 그렇지 뭐' 라는 잘 못된 실패자 패러다임에 빠질 수가 있다. 첫날을 멋지게 성공해야 1년을 멋지게 보낼 수 있다. 매일 똑같은 하루지만 내가 어떤 의미를 두냐에 따라서 그 하루에 의미가 달라진다.

만약 이 책을 읽는 시기가 1월 1일이 아니더라도 도전 하는 날에 자신만의 의미를 둬서 지금 당장 바로 시작하길 바란다. 그리고 같이 버킷을 도전할 사람들을 모으기 바란다. 함께하면 이번 버킷프로젝트는 성공할 수 있게 될 것이다. 드라마 이야기, 예능프로그램 이야기, 주식이야기, 부동산이야기, 자녀 교육이야기는 잠깐 내려놓고, 친구들이나 지인들과 모여 버킷프로젝트 이야기를 함께 나눴으면 한다.

여러분들에게 부탁한 첫 번째 프로젝트인 "베스킨보다 소중한 나의 31가지 버킷리스트" 꼭 도전해보길 바란다. 난 매일 아침에 명언 한가지씩을 쓰면서 다시 마음을 잡았다. 좋은 명언이 당신에게 새로운 힘을 부여할 것이다. 이 명언이 업그레이드 되어서 '오늘도 끄적끄적'이라는 마음으로 매일 글을 쓰고 있다. 쓰다 보니 이 글도 조만간 책으로 나올 것 같다.

다시 한 번 말하지만 우리 정상에서 꼭 만났으면 한다. 나만의 성공을 정의 내릴 수 있다면, 모든 사람들이 정상에 오를 수 있다. 세상에 기준에 자신을 맞추지 말자.

박경란

나는 버킷리스트라는 말은 쓰지 않았지만, 원래 해마다 목표를 세우고, 그 목표에 맞는 월별, 일별의 목표를 기록하고, 지켰는지 여부를 매일 밤 일기 쓰면서 함께 확인한다. 하지만 내가 읽었던 책에서 이 구동성으로 같이 하면 더 좋다고 하지 않는가? 그래서 이번에는 다른 사람들과 같이 목표를 공유해볼까? 하는 생각에서 참여하게 되었다. 그리고 사실, 그 전에 버킷리스트를 진행할 강사님의 강의와 말씀을 워낙 재밌게 들었던 터라 내심 설레면서 참여하고 있다.

버킷11. 낸에게 부산시립미술관 설명해주기 찜질방에서 양머리하고 사진 찍기 관련 사진 뒤 늦게 올려요 버킷모임 덕분에 여행이 더 재밌었어요.

장원종

좋은 아침입니다. 전 버킷! 여행가기 했습니다. ㅎㅎ 청도입니다. 또 어제 12km걸었습니다. 꽤 힘들더군요. ㅋㅋ

고명숙

다른 분처럼 예쁘게 정리는 못했지만, 저의 버킷.

1. 애들한테 잘해주자.

   - 화 안내기. 30분은 꼭 놀아주기, 책 1권씩 꼭 읽어주기

2. 운전연습 30분씩

3. 하루 네 시간은 집중해서 일하기.

4. 블로그 하루 하나 글쓰기

5. 생각하는 시간 20분 갖기

여정빈

저도 그럼 오늘은..차 놔두고 걸어 다니기 해봐야겠어요. ㅋㅋㅋㅋ

걷는 거 엄청 좋아하고 많이 걸어 다녔었는데 어느 순간부터 날이 춥

다 신발이 불편하다 핑계대면서...가까운 거리도 차로 이동하면서..

통 걷지를 않고 있네요.

오늘 부전동에서도 돌잔치가 있고(걸어서 1시간 거리) 그거 끝나고

예전 일하던 곳에 마무리 하나 해주러 가야하니 거기까지 또 걸어서

1시간. 그거 끝나고 집까지 1시간30분.

 총 3시간 30분~4시간 걸리겠네요.

그래도 오늘은 막 걸어보고 싶네요.

(이래놓고 너무 춥다며 차 안 가져 나온 걸 후회하며 버스를 탈지도.....ㅋㅋㅋ추위를 엄청 탑니다...ㅠㅠ) 오늘 걸어다니기 실패 안하도록 따뜻하게 입고 나가야겠어요ㅋㅋ

익 명

작년에도 비슷한 버킷을 세우고, 스스로 기록했지만, 전반적으로 함께했을 때 더 많이 성취할 수 있어서 사실 나도 좀 놀랐다. 버킷모임 전 평균점수 45점 정도에서, 거의 70점 이상으로 크게 뛰었다.

그 중에서 크게 3가지만 짚자면,

가. '약속시간 20분 일찍 가기'는 다른 회원의 버킷리스트에서 실마리를 얻어서 추가한 것이다. 그렇게 어렵지는 않은데 생활이 여유로워져서 앞으로 평생 지키고 싶은 습관이다.

나. 미얀마에서 친구가 내 오랜 소원대로 한국에 왔을 때, 더 알차고 유익한 시간을 보낼 수 있었다. 2011년에 미국에서 만난 이후, 서로의 모국에 돌아와서도 매주 토요일 1~2시간씩 전화통화를 7년간 하던 친구이다. 친자매보다 서로를 더 잘 아는 친구이기에, 한국에 왔을 때 정말 즐거운 시간을 만들어 주고 싶었다. 한국을 방문한 4일간

작은 버킷리스트를 정하고 친구와 하나하나 이루자 계획 없이 어영부영 노는 것보다 훨씬 알차게 놀 수 있었다. 버킷리스트대로 처음으로 한국 목욕탕도 가고 찜질방에서 양머리하고 사진 찍을 때 얼마나 서로 재밌어했는지 모르겠다.

다. 팔자걸음은, 30일간이라도 고쳐보려고 꾸준히 노력한 적은 정말 처음 있는 일이다. 걸음마를 배운 이후 항상 내 마음속 버킷이었지만 3분 이상 실천한 적은 없었으니까.

03

세상에 하나 뿐인
나만의 버킷
프로젝트 2단계

Part 03

버킷을 성공하기 위해
내가 하루하루를 살아가고 있는 것인가?
나를 위해서 하루하루를 살고 있는 것인가?
라는 생각을 하게 되었다.
버킷을 하는 이유는 간단하다.
내가 행복한 삶을 살기 위해서이다.

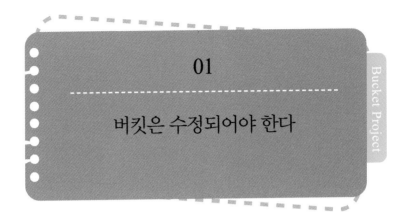

01

버킷은 수정되어야 한다

사람들은 집중을 집중할 것에 Yes라고 말하는 것이라 여긴다. 그러나 집중은 그런 게 아니다. 수백 가지의 좋은 아이디어에 No라고 말하는 게 집중이다. 나는 이루지 않은 것에도 이룬 것만큼의 자부심을 느낀다. 혁신이란 1000가지에 퇴짜 놓는 것이다. ㅡ스티브 잡스

1월 버킷을 실천해보면서 31가지 버킷을 성공시킨다는 것이 쉽지 않다는 것을 깨달았다. 해보지 않아도 쉽지 않다는 것을 알 수 있는데 해봐야지 아나?라고 말하는 사람도 있을 것이다. 그런데 머리로만 아는 것과 실제로 해봐서 아는 것은 천지차이이다. 누구나 번지점프대에 서면 다리가 후들거리고 심장이 터질 것 같다는 것을 알 것이다. 그렇다고 번지점프를 해봤다고 할 수

는 없다. 진짜 번지점프를 해 본 사람의 심정을 공감하기 어렵다. 실제로 번지점프대에 서서 점프를 해봐야지 번지점프 경험자들과 공감하면서 대화가 가능 해질 것이다. 해보지도 않고 '뻔한 내용이잖아?'라는 생각은 하지 말자. 알면서 안하는 것이 더 나쁘다고 하지 않았는가? 우리는 도둑질한 사람은 나쁜짓 했다는 것을 알고 지적을 한다. 그런데 가장 소중한 자신의 시간을 도둑질 하는 자신에게는 왜 그렇게 너그러운 것인가?

버킷프로젝트를 하면서 또 한 번 느낀 것은 나 자신을 좀 더 잘 알아야겠다는 것을 깨달았다. 나는 초등학생 때부터 나는 어떤 존재일까를 많이 고민했었다. 그래서 나는 나를 잘 안다고 생각 했었는데, 1월 버킷을 도전하면서 아직까지 나는 나를 잘 알지 못 한다는 것을 깨닫게 되었다.

첫 번째 버킷의 주제는 "베스킨 보다 소중한 나의 31가지 버킷 리스트"이었다. 아이슈타인 이야기를 다시 한 번 해야겠다. "미친 짓이란, 매번 똑같은 행동을 반복하면서, 다른 결과를 기대하는 것이다" 사실 처음 시작했을 때는 1월에 31가지 목표를 이루고 2월에는 28가지, 이런 방법으로 12월까지 365가지 이상의 버킷을 해보자는 것이 버킷프로젝트를 만들었던 취지였다. 그런데 15일 정도 되니까 미친 것 같았다. '내가 이것을 왜하고 있지?' 이런 생각이 들었다. 버킷을 성공하기 위해 내가 하루하루를 살아가고 있는 것인가? 나를 위해서 하루하루를 살고 있는 것인가? 라는 생각을 하게 되었다. 버킷을 하는 이유는 간단하다. 내가 행복한 삶을 살기 위해서이다. 내가 하고 싶은 일만 하면서 살아가고 싶어서 한 것인데, 이건 완전 주객전도가 되었다. 그래서 두 번째 모임을 준비하면서 버킷을 수정했다.

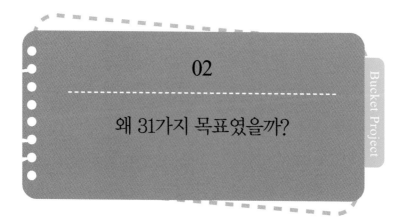

02

왜 31가지 목표였을까?

다시 처음으로 돌아가서 생각을 해봤다. 왜 31가지였을까?
단순히 1월이 31일이니까 단순하게 던진 것은 맞지만 이 한 가
지 이유만으로 31가지를 도전하기에는 의미부여도 약하고 지속
하기가 어렵다는 결론을 얻었다. 그렇다면 버킷이 실패한 것일
까? 그건 절대 아니라고 생각한다. 실패를 통해 배우고 실패를
수정해서 성공할 수 있도록 만들면 되니까! 31가지를 같이 실천
해보니 공통적으로 15일까지는 잘 지켜지는 것이다. 그렇다면
한 달에 한번 만날 것이 아니라 15일 쯤에 한 번 더 만나서 동기
부여가 필요하다는 것을 깨닫게 되었다. 그리고 31가지를 실천
하면서 버킷 성공여부를 확인 해봤더니, 동그라미가 많은 것이
있고, 엑스표시가 많은 것을 발견할 수 있게 되었다. 이 부분에

대해 생각을 해보니 31가지를 채워 넣기 위해서 나에게 필요하지 않은 버킷들이 채워져 있었다. 그리고 사람들의 이야기를 들어 보니 비슷한 내용의 버킷들로 채워져 있는 경우도 많았다. 예를 들면 일기 쓰기, 손자병법 글쓰기, 블로그 글쓰기 등 쓰기 시리즈가 많은 사람이 있었다. 이것을 통해서 '나는 글쓰기를 하고 싶구나' 를 발견하게 되었을 것이다. 또한 '해야 되는데', '했어야 했는데', '이것도 해야 되지 않을까?' 라고 막연하게 머릿속에서만 맴돌던 것들이 글로 쓰면서 많이 정리 되어졌다. 안 해도 되는 것들 이었다는 것을 깨닫게 되면서 머릿속 생각 쓰레기들이 정리가 되어 머리가 가벼워졌다. 그로 인해 진짜로 해야 되는 것들에 집중을 할 수 있게 되었다. 31가지는 진짜 내가 하고 싶은 것들을 찾기 위한 과정이었고, 그 과정 중에 정말 나에게 소중한 몇 가지를 버킷들을 찾을 수 있게 되었다.

03

좋았던 버킷! 꼭 해야 되는 버킷!! 성장에 도움이 되는 버킷!!!

나의 버킷을 보자.

내가 잘 지켰던 버킷들을 먼저 파악해봤다. 꾸준하게 잘 되었던 버킷은 30분 이상 글쓰기, 하루에 한 명 이상에게 도움주기, 일 하시는 분에게 감사함을 전하기, 약속 시간 30분 전에 도착하 기, 일주일에 한 명 이상에게 선물하기 등이 잘 지켜졌던 버킷이 었다. 이것들을 분석해보면 타인에게 도움을 주는 것을 좋아한 다는 것을 깨달을 수 있게 되었다. 한 달을 돌아보니 내 삶의 목 적대로 잘 살았던 한 달이었다. 내 삶의 목적은 "가난한 사람들 을 돕자"이기 때문이다. 내가 가난한 사람을 돕고 싶은 이유는 간단하다. 어렸을 때 한 장의 사진을 봤기 때문이다. 1994년 퓰 리처상을 받은 케빈 카터의 〈독수리와 소녀〉라는 사진을 봤기 때문이다. 이 사진을 통해 가난하다는 이유로 삶을 마감하는 아이들이 다시는 없었으면 좋겠다는 마음! 가만히 있으면 절대 문제는 해결되지 않을 것이라는 마음으로 난 '가난한 사람을 돕자'라는 목적이 생겼다.

잘 되지 못한 버킷을 돌아보면, 하루 종일 영화보기, 하루 종일 단식하기, 하루 종일 책 안보기, 미술관에서 하루 종일 놀기, 기차여행하기 등이 있었다. 잘 되지 않은 것들은 하루 종일 시리즈였다. 이 버킷들을 살펴보면 하면 좋지만 굳이 안 해도 되는 것들이었다.

이 중에서 하루 종일 영화보기, 하루 종일 단식하기, 하루 종일 책 안보기, 하루 종일 시리즈는 그냥 안 해도 괜찮은 것들이었다. 그런데 미술관에서 하루 종일 놀기, 기차 여행하기는 나의 문화생활과 나의 여유로운 삶을 위해서 꼭 필요한 버킷들이라는 생각이 들었다. 이것은 시간을 내서라도 꼭 해야 된다.

31가지를 한 이유를 다시 생각해보면서 깨달은 것은 내가 하고 싶다고 생각했던 일들 중에서 쓸 때 없는 버킷들도 있다는 것이다. 그래서 실제로 해봤더니 '안 해도 되겠네'를 깨달을 수 있는

	1	2	3	4	5	6	7	8	9	10	11	12	13	14	15
17 하루 종일 카페에서 보내기	X	X	X	X	X	X	X	O	X	X	X	X	X	X	X
18 읽히시는 분에게 감사 전하기	X	X	X	X	X	X	X	X	X	X	X	X	X	X	X
19 하루 종일 영화보기	O	O	O	O	O	X	X	O	O	X	X	X	X	O	O
20 버스킹하기	X	O	X	O	X	O	X	O	O	X	X	O	X	X	O
21 아침, 점심, 저녁 다 챙겨먹기	X	X	X	X	X	X	X	O	O	X	X	X	X	X	X
22 기차 여행하기	X	O	X	X	X	X	X	X	X	X	X	X	X	X	X
23 하루 종일 단식하기	X	X	X	X	X	X	X	X	X	X	X	X	X	X	X
24 가족보고 활짝 웃기(외치기)	O	O	O	O	X	X	X	O	X	X	O	O	X	X	O
25 명언 따라 쓰기	O	O	O	O	O	X	O	O	O	X	X	X	X	X	X
26 부모님 말씀에 순종하는 날	X	O	X	X	X	X	O	O	X	X	X	X	X	X	X
27 미켈란젤로 글쓰기 기획안 작성	X	X	X	X	X	X	X	X	X	X	X	X	X	X	X
28 미술관에서 하루 종일 놀기	X	X	X	X	X	X	X	X	X	X	X	X	X	X	X
29 하루 종일 책 안 보기	X	O	X	X	X	X	X	X	X	X	X	X	X	X	X
30 유아부 아이들 과자 사주기	X	X	X	X	X	X	X	X	X	X	X	X	X	X	X
31 약속 시간 30분 전에 도착	O	O	X	O	O	X	X	O	O	O	O	X	X	O	O
32 팔굽혀 펴기 100개 하기	X	X	X	X	X	X	X	X	X	X	X	X	X	X	X

	1	2	3	4	5	6	7	8	9	10	11	12	13	14	15
1 새벽 6시 기상	O	O	X	X	O	O	X	O	X	O	O	X	X	O	X
2 영어공부 10분 이상	O	O	O	O	O	O	X	X	X	O	O	X	X	O	O
3 할머니와 점심식사	X	X	X	X	X	X	X	O	X	X	X	X	X	O	X
4 틱낫한 한번에 15개 이상 도전	X	X	X	X	O	O	X	O	O	O	O	X	X	O	X
5 유튜브 영상 올리기	O	O	X	X	X	X	X	O	X	X	X	X	X	O	X
6 1권 10번 보기	O	O	X	X	X	X	X	X	O	X	X	X	X	O	O
7 30분 이상 글쓰기	X	X	X	X	X	X	X	X	X	X	X	X	X	O	X
8 하루에 한 명 이상에게 도움주기	O	O	X	X	X	X	O	O	O	X	X	X	X	O	X
9 안 입는 옷 버리기	X	X	X	X	X	X	X	O	X	X	X	X	X	O	X
10 꿈파쇼 기획 & 진행	X	X	X	X	X	X	X	X	X	X	X	X	X	O	X
11 순자별로 글쓰기 시작하기	X	X	X	X	X	X	X	X	X	X	X	X	X	O	X
12 매일 노 뜨개마자 설계짜기	X	X	X	X	X	X	X	X	X	X	X	X	X	O	X
13 부모님께 감사 편지쓰기	X	X	X	X	X	X	X	X	X	X	X	X	X	O	X
14 등산하기	O	O	O	O	O	O	X	X	X	X	X	X	X	O	O
15 10명 이상이랑 식사하기	O	O	O	O	O	O	X	X	X	X	X	O	X	O	O
16 일주일에 한 번 이상 선물하기	X	X	O	O	O	X	X	X	X	X	X	X	X	X	X

#		16	17	18	19	20	21	22	23	24	25	26	27	28	29	30
17	하루 종일 카페에서 보내기	X	X	X	X	X	X	X	X	X	X	X	O	X	X	X
18	일하시는 분에게 감사 전하기	O	X	X	X	X	X	X	X	X	X	X	X	X	X	X
19	하루 종일 영화보기	X	X	O	O	X	X	X	X	X	X	X	X	X	X	X
20	버스킹하기	X	X	X	X	O	X	X	X	X	X	X	X	X	X	X
21	아침, 점심, 저녁 다 챙겨먹기	X	X	X	X	X	O	X	X	X	X	X	X	X	X	X
22	기차 여행하기	X	X	X	X	X	X	O	X	X	X	X	X	X	X	X
23	하루 종일 단식하기	X	X	X	X	X	X	X	O	X	X	X	X	X	X	X
24	거꾸로 활짝 웃기(외치기!!)	X	X	X	X	X	X	X	X	O	X	X	X	X	X	O
25	명언 따라 쓰기	X	X	X	X	X	X	X	X	X	X	X	X	X	X	X
26	부모님 말씀에 순종하는 날	X	X	X	X	X	X	X	X	X	X	O	X	X	X	X
27	미켈란젤로 글쓰기 기획안 작성	X	X	X	X	X	X	X	X	X	X	X	O	X	X	X
28	미술관에서 하루 종일 놀기	X	X	X	X	X	X	X	X	X	X	X	X	X	X	X
29	하루 종일 책 안 보기	X	X	X	X	X	X	X	X	X	X	X	X	X	X	X
30	유아부 아이들 과자 사주기	X	X	X	X	X	X	X	X	X	X	X	X	X	X	X
31	약속 시간 30분 전에 도착	O	O	O	O	O	O	O	O	X	O	O	O	X	X	O
32	팔굽혀 펴기 100개 하기	O	O	O	O	O	O	O	X	X	X	X	X	X	X	O

	16	17	18	19	20	21	22	23	24	25	26	27	28	29	30
1 새벽 6시 기상	X	O	X	O	X	X	O	O	X	X	X	O	O	X	
2 영어공부 10분 이상	O	O	X	O	X	X	X	O	X	X	X	O	O	O	
3 할머니와의 점심식사	X	X	X	O	X	X	X	X	X	X	X	X	X	O	
4 턱걸이 한번에 15개 이상 도전	O	O	X	X	X	X	X	O	X	X	X	O	X	O	
5 유튜브 영상 올리기	O	O	X	X	X	X	X	X	O	O	O	X	O	O	
6 1권 10번 보기	X	X	X	O	X	X	X	O	X	X	X	X	X	X	
7 30분 이상 글쓰기	O	X	X	X	X	X	X	X	X	X	X	O	X	O	
8 하루에 한 명 이상에게 도움주기	O	O	O	O	X	X	X	X	X	X	X	X	X	O	
9 안 입는 옷 버리기	X	X	X	O	X	X	X	X	X	X	X	X	X	X	
10 꿈파쇼 기획 & 진행	O	O	O	O	O	O	O	O	O	O	O	O	O	O	
11 손글씨로 글쓰기 시작하기	X	X	X	X	O	X	X	O	X	X	X	O	O	O	
12 매일 두 문자메자 셀카찍기	X	X	X	O	X	X	X	X	X	X	X	X	X	X	
13 부모님께 감사 편지쓰기	X	X	X	O	X	X	X	X	X	X	X	X	X	X	
14 등산하기	X	X	X	O	X	X	X	X	X	X	X	X	X	X	
15 10명 이상이랑 식사하기	O	O	O	X	X	O	O	O	O	O	O	O	X	O	
16 일주일에 한 번 이상 선물하기	O	O	O	O	O	O	O	O	O	O	O	O	O	O	

　버킷프로젝트

시간이었고, 또 다시 안하게 된 버킷을 보면서 '이런 것들은 진짜 안 해도 되겠구나'를 깨닫게 되었다. 그리고 좀 더 집중해야 될 버킷이 있다는 것을 깨달았다. 우리가 베스킨을 가더라도 실제로 31가지를 다 먹어보지는 않는다. 베스킨하면 자기만의 떠오르는 아이스크림이 있을 것이다.

나는 "엄마는 외계인이다"이다. 베스킨에서 뭐 먹을래 하면 바로 "딱" 떠오르는 아이스크림이다. 그런데 모든 사람이 이것이 떠오르지는 않을 것이다. 반대로 상대방이 떠오른 아이스크림이 내가 절대로 먹을 생각이 없는 아이스크림 일수도 있다. 그리고 한번 먹어 볼까라는 생각이 드는 아이크스림도 있지만 이런 아이스크림은 누군가 사줬으면 먹었지 내돈으로 사 먹기는 아까워라는 생각을 하는 아이스크림도 있을 것이다. 결국 내가 먹는 아이스크림은 3~5개 사이가 되는 것이다. (이어서) 이 세가지 방법으로 자신에게 맞는 버킷 ~

우지혜

1월에 첨했을 때는 파이팅이 넘치고 두근거렸어요. 그런데 3일정도 하다 보니 버킷이 너무 많아 어떤 것을 먼저 해야 되는지 정리가 되지 않았어요.

그래서 다시 정리를 해서 아침, 업무, 저녁, 한 달에 해야 할 버킷을 분류를 하니 쉬워졌어요.

그리고 목표를 낮게 잡으니 부담도 없이 잘 할 수 있었던 것 같아요. 또 아침6시30분에 일어나는 게 많이 힘들었는데 일어나서 카톡 보고 꿈모닝 적는 순간 일어나게 되더라구요. 꿈모닝 작성하고는 다시 눕는 일은 없었어요.

그래서 아침밥을 매일 먹고 다녔고 이제는 아침에 일어나는데 조금 습관이 되어서 많이 힘들지는 않게 됐어요. 또 버킷에 블로그 서평쓰기가 있었는데 12월부터 써야지 생각만하고 실천이 안됐는데 버킷으로 글로 작성하니 1개 서평쓰기가 가능해졌어요.

박경란

건강 문제로 1월의 버킷리스트 중 일부를 수정해서 2월의 버킷리스트로 만들어야 했다. 고민 끝에, 한 그릇만 먹기, 근력운동하기, 6시 퇴근하기, 손자병법은 삭제하기로 했다. 대신 철분섭취 관련 7개 추가하는 등 식단에 아주 신경을 많이 쓰기로 했다. 2월은, 나만의 우선순위를 세우고 31개 모두 지키지 못하더라도 [예시: 3순위(운동)을 지키기 위해 5순위(독서)를 포기한다면] 1월과 달리 자책하지 말고, 기쁘게 생각해야겠다는 마음으로 부담 없이 버킷리스트를 만들고, 또 지켜나갈 것이다. 내일은 어떤 버킷리스트로 하루를 맞을 수 있을까? 벌써부터 설렌다.

여정빈

(2월 수정)

+ 5분 스트레칭

+ 30분 자전거 타기(영어회화 공부하면서)

+ 20분 근력운동

+ 5분 스트레칭

아침에 1시간 운동하기. 성공했습니다!!^^

하는데 의미를 두자면서 강도를 약하게 했는데도 기분이 상쾌하고 좋네요. 이번 달은 다른 버킷 다 못 지키더라도 매일 아침 운동버킷만은 28일 꼭 다 지켜보고 싶은 욕심이 생기네요. 다들 많이 도와주세요. 여러분이 함께 해주니 해낼 수 있을 것 같습니다^^ 전 그럼 이만 출근 준비하러 가야겠어요!

다들 오늘도 행복한 하루보내요??

이호일

1.도전해보니

한 달 이라는 시간을 하루하루 알차게 보낼 수 있었습니다.

2.혼자하면 중도에 포기하기가 쉬웠을 텐데 함께 응원하면서 버킷을 이루는데 도움이 되었습니다.

3.2월 목표는 제주도에서 쓴 버킷 10가지를 이루는데 도움 되도록 구체적 계획으로 방향을 잡았습니다.

버킷리스트 (중간점검)

1.5kg감량(61kg찍기) – 현재 63.5(2.5kg감량)

2.AM5:30 기상 – 월~금 (매일 하려했는데 토,일은 안되네요ㅠ)

3.탄산 끊기 – 1일부터 시작해서 13일째 안 먹고 있음

4.정크푸드 멀리하기 (한달 1식) – 덕분에 감량에 도움되는것 같습니다.

5.pm6:00이후 금식

7시 퇴근이라 다이어트 도시락 챙겨가서 회사에서 급히 먹고 있어요ㅋ

6.매일 체중 확인&기록

7.일주일5번 운동– 시간 없어 gym에 못갈 때는 홈트레이닝 하고 있어요.

8.2주에 책 한권 읽기 – 일주일에 읽고있어요(크크)

9.일주일에 1방청소

10.매일 Q.T 오늘은 퇴근후ㅎ

11.하루 성경7장 읽기 – 월,금 잘 지키고 있어요

12.다이어트 도시락주문 – 주문완료!

하고 싶은게 더 생기네요! 모두 하고 싶은 걸 성취하시길 응원합니다.

굿모닝~ 여러분 덕에 5일 동안 하루를 알차게 보냈어요(미소)

04

공유를 통해 버킷을
업그레이드 하자

혼자 버킷리스트를 작성했을 때 보다 함께 하면 좋은 점이
정말 많다. 이미 말씀 드렸던 것처럼 포기하고 싶을 때 포기하지
않을 수 있다. 왜냐하면 혼자 할 때는 안하면 끝이지만 함께 하
면 나를 응원하고 지켜봐주는 사람이 있기 때문에 다시 힘을 내
서 할 수 있게 된다.

또 다른 장점은 공유를 통해 나의 버킷을 업그레이드 시킬 수
있다는 것이다.

우리는 위대한 계획, 멋진 꿈을 가지고 있다. 그런데 우리가 꿈
을 실천하지 못하는 이유는 생각만 가지고 있지 위대한 행동이
안 나오기 때문이다. 생각해보자. 우리 머릿속에 한 사건을 만나

면 A부터 Z까지의 생각이 떠오른다. 여행이라고 생각을 해보자. Z라는 계획대로 하면 여행을 떠날 수가 있다. Z는 언제 여행을 떠나면 좋을지, 돈은 어떻게 모을지, 누구랑 함께 갈지 등 구체적인 사항들일 수 있다. 그런데 우리는 익숙한 A를 선택한다. '내가 돈이 어디 있어', '다음에 가지 뭐', '그 친구가 같이 갈까?' '지금은 갈 형편이 아니야!'를 선택한단 말이다. 그리고 시간이 흘러서 후회를 한다. "아! 그때는 떠날 수 있었는데!! 그때 무조건 갔어야 했어!"

이런 생각의 반복 속에서 살아가고 있지는 않은가? 당연하다. 우리의 하루는 습관으로 형성이 된다. 내가 오늘 선택하는 선택도 나의 습관의 흔적이다. 익숙하고 편한 것을 선택하는 습성 말이다. 다른 삶을 살고 싶다면 두렵겠지만 Z를 선택해봐야 된다. 처음에는 막연할 것이다. 그리고 '안 되면 어쩌지'라는 생각이 들어서 도전하기가 꺼려질 것이다. 그런데 2번만 해봐라. 너무나도 쉬운 일이 될 것이다. 그리고 이런 생각을 하게 될 것이다. "왜 진작하지 않았을까!!!"

그런데 이걸 쉽게 해결 할 수 있는 방법이 있다. 그것은 바로 타인의 경험을 통해서 배우고 그 경험을 내 것으로 만드는 것이다. 버킷도 그렇다. 여럿이 함께 도전하다 보면 내가 생각하지 못했던 방법이나 내가 생각했지만 시도하지 않았던 방법들이 있다. 타인의 도전을 통해서 그 방법의 좋은 점을 배우고 그 방법을 내 것으로 만들면 된다.

난 이것을 다이어트로 설명을 해주고 싶다! 그렇다. 가장 어려운 다이어트. 대부분 사람들이 도전하는 다이어트를 보면 완벽하다. 실천만 한다면 말이다. 그런데 어떻게 사람이 하루아침에 바뀔 수 있다는 것일까? 운동은 1분도 하지 않던 사람이 1시간을 헬스장에서 보내고 야식을 먹던 사람이 풀만 먹는 다이어트를 시도하는데 성공하는 것이 더 이상한 것이 아닌가? 성공했다고 해도 지속적인 다이어트가 아니라 너무 일시적이고 단기적인 여름 몸매를 위해서 한 경우가 많기 때문에 여름이 지나거나 계획했던 여행이 끝나고 돌아오면 다시 이전 몸매로 돌아가게 된다. 이것은 다이어트도 아니고 건강에도 전혀 도움이 되지 않는다. 문희준이 싫어하는 뚱땡이! 뚱땡이?!! 그래 뚱땡이! 요요현상을 겪게 될 것이다.

난 사람들에게 정말 바보스러운 목표를 설정하기를 권한다. 비웃음이 나오는 목표 말이다. "하루에 턱걸이 한 개 하기!" "운동화 신고 밖으로 나가기!" 딱 이정도 말이다. 이 이야기를 들었을 때 '난 못해?' 라는 생각이 든 사람이 있는가? 아무도 없을 것이다. 왜냐하면 너무 쉬운 목표이기 때문이다. 이 정도로 비참한 목표를 세웠으면 한다. 그래야 매일 꾸준하게 할 수 있다. 그래야 습관이 되고 건강한 내 삶을 영위할 수 있다. 그런데 진짜 멍청이가 아니라면 턱걸이를 정말 하나하고 내려오는 사람이 있을까? 운동화 신고 밖으로 나갔는데, 바로 들어오는 사람이 있을까? 우리는 시작이 어렵고 귀찮아서 시작을 안 하는 것이지 몰라서 안 하는 것이 아니다. 그래서 자신을 할 수 밖에 없게 도와줘야 한다. 일단 시작만 할 수 있게 만들자!

함께 버킷을 하면서 좋은 아이디어가 많이 공유되었다. 그 중 하나를 소개하면 밑에 보이는 버킷표이다. 참가자 한 분이 습관에 따라서 버킷표를 만드셨다. 그것을 옆에서 지켜보시던 한 참가자께서 "버킷에 색깔을 다르게 표시한 이유가 뭐에요?"라고 물어보셨다. 이렇게 표시한 분은 너무나 당연한 분류였지만 질문한 분에게는 신선한 아이디어였다. 그분의 말씀에 따르면 매일 해야 되는 것은 주황색, 필요한 일이지만 매일하지 않아도 되는 일(또는 소망 리스트)은 분홍색, 새롭게 하고 싶은 일들은 하늘색으로 표시를 했다고 하셨다.

구분	버킷
1	소리지르지 않기
2	모두 존중하기
3	감사일기 매일쓰기
4	아침저녁으로 팔굽혀펴기 5회씩 하기
5	매일 키스하기
6	5건 이상 영업하기
7	2쇄 찍기
8	김어준 뉴스공장에 소개되기
9	1초만에 책읽기 15권 도전
10	윗몸일으키기 백개하기 3일 이상
11	온가족 센텀 스파랜드 가보기
12	민정이랑 맛있는 식당에서 밥먹기
13	새로운 사람 만나보기
14	한 번도 안 가본 길 걸어가보기
15	처음 먹는 음식 먹어보기
16	안해 본 일 해보기
17	하루 종일 아무것도 안하기
18	한 번도 안해본 생각 해보기
19	아이처럼 생각하고 행동해보기
20	세상에서 가장 아름다운 여자와 여행가기

이 이야기를 들으시고 많은 분들이 좋은 아이디어라고 하시면
자신의 버킷에 바로 적용을 하셨다.

버킷리스트 18년 2월 ♡2월도 행복하고 싶

	1	2	3	4	5	6	7	8
1.4:30기상	○							
2.운동(1시간)	○							
3.영어회화(30분)	○							
4.논어필사(20분)	×							
5.구몬한자(30분)	×							
6.1가지 명언쓰기	○							
7.신문읽기(사설)	○							
8.책 읽기(1시간↑)	○							
9.일기쓰기	○							
10.컴퓨터학원가기	×							
11.물1.5리터마시기	○							
12.독서노트쓰기								
13.목욕탕가기								
14.스트레칭하기								
15.수사경과공부								
16.집안일하기								
17.캘리학원가기								
18.쏭이랑등산하기								
19.대학사람만나기								
20.108호동기만나기								
21.혼자여행가기								
22.헌혈하기								

셀프칭찬
아침 물한잔
아침 스트레칭
영어 1세트
독서 1p
유튜브 1편
약속 30분전
남편 한번 포옹
몸무게 2번 재기
친구 친척1명 안부전화
블루타임갖기
캘리글씨쓰기
우크렐레한곡
콩알 봉사
손편지쓰기
강연오프1회
하루종일책보기
롤모델 공부시작

좋은 것은 공유가 되어야 된다. 공유에서 끝나는 것이 아니라 나
만의 스타일로 만들어야 온전하게 나의 것이 된다.
한 버킷을 실천한 분의 이야기이다.

내일부터 새로 버킷 할 생각하니 오랜만에 또 설레네요. 매일아
침 운동 했나 안했나는 꼭 보고 할게요.^^ 다들 한 달 동안 수고
많으 셨구요. 내일부터 2월도 파이팅 입니다♡

다들 굿밤되세요??

저도 효평작가님 컨닝 했어요. 매일 할 것, 주말에 할 것, 한 달에 할 것 3가지로 색깔 나눴습니다.^^

한 참가자는 자신에게 가장 중요한 버킷이 운동인데, 가장 하기 힘든 것 중에 하나가 운동이다보니(공감된다.) 늦게까지 미루다가 피곤해서 못하는 경우가 많다고 하셨다. 그래서 그 분의 위대한 결단! '아침에 눈 뜨자마자 제일 먼저 운동을 한다! 운동을 하지 않으면 다른 버킷은 하지 않는다' 내가 이 아이디어에 많은 감명을 받은 것 같다. 누가 모르는가! 가장 중요한 일을 가장 먼저 하는 것이 중요하다는 것을! 그런데 나와 비슷한 사람의 언어와 비슷한 사람의 도전이 나에게 큰 동기부여가 되었다. 우리는 김연아, 유재석, 손석희 이런 분들에게 자극 받는 것이 아니다. 이런 분들을 보며 '우리랑 달라', '저래서 성공했구나'라는 생각을 하면서 자신이 따라하지 않는 핑계를 스스로 만들고 도전을 하지 않게 된다. 그리고 스스로 변명을 한다. "역시 성공하는 사람은 달라!" 비슷한 사람과 도전을 하고 비슷한 사람에게 자극을 받고 함께 성장해 나갔으면 한다.

마지막으로 하나만 더 이야기를 하려고 한다. 비즈니스 리모데링을 쓴 정효평 작가님의 버킷을 보면 5건 이상 영업하기, 책 2쇄 찍기가 있다. 이 두 가지 버킷은 연결이 되어 있다. 버킷 모임을 끝내고 몇 일 뒤에 점심을 먹게 되었다. 그때 작가님께 이런 말을 해드렸다. "문재인 대통령님께 책 한권 보내드렸어요? 문재인 대통령님이 들고 다니시는 모습이 사진으로 한 장 찍히면 책 대박 날 텐데요."라고 말씀 드렸더니, "보내는 방법을 알아야 보내죠"라고 말씀을 하셨다. 진짜로 대통령님께 책 한권 보내는 것이 어려운 일일까? 사람들이 잘 몰라서 그렇지 대통령에게 책이나 편지를 보내는 것이 우리나라에서 제일 쉽다. 받는 사람 주소에 "청와대 문재인대통령"이라고 쓰기만 하면 청와대로 날라간다. 이것을 말해드렸더니 "진짜요? 대박이네. 바로 해야겠네요"라고 말씀을 하셨다. 이 책도 나오면 청와대 직행이다. 그런데 진짜로! 바로! 그 다음날 책을 한권 보내셨다. 그리고 몇 주가 지난 뒤 사진을 한 장 받았다.

이 책도 빨리 나왔으면 한다. 빨리 대통령에게 책 한권 보내고 싶다. 뭐든지 공유해라. 그러면 가치는 두 배 아니 백 배, 천 배로 돌아오게 될 것이다.

그리고 서로를 격려하는 친구가 생긴다는 그 무엇과도 바꿀 수
없는 소중한 보물이 생기는 것이다.

버킷4. 불평하고 싶을 때, 화가 날 때 감사하기. 박경란

당신이 받고 있는 축복은 밤하늘의 별보다 많아요. 감사하는 마음을 가지면 스트레스도 짜증도 끼어들 틈이 없어요. 이렇게 감사하는 마음만 갖는다면, 오늘 당신은 성공할 거예요. 또, 기운이 절로 나서 결승점에 쉽게 골인할 수 있을 거예요.

– 존 고든, 에너지 버스

꿈모닝! 내가 받은 무수한 축복에 고맙습니다. 매일 도전할 목표라.. 팔자걸음->동네방네 소문 냈더니 직장동료가 계속 지적해줌에 고맙습니다.

– 사실 많이 피곤하고 다시 눕고 싶네요!! 하지만 의지를 가지고 하루를 시작합니다!! 다들 퐈이팅해요!!

– 여정빈님 벤치마킹(이라고 쓰고..컨닝이라고 읽나요?)좀 할게요^^
원래 버킷과 별 생각 없이 하루하루 행동을 점수로 체크하곤 했었는데, 여정빈 작가님을 보고, 매일 하는 버킷을 바탕으로 점수 체크해

야겠다 싶네요~~ 오늘 23점 만점에 23점 받았으면 좋겠어요^^

여정빈님의 이야기

+ 5분 스트레칭

+ 30분 자전거 타기(영어회화 공부하면서)

+ 20분 근력운동

+ 5분 스트레칭

아침에 1시간 운동하기. 성공했습니다!!^^

하는데 의미를 두자면서 강도를 약하게 했는데도 기분이 상쾌하고 좋네요. 이번 달은 다른 버킷 다 못지키더라도 매일 아침 운동버킷만은 28일 꼭 다 지켜보고싶은 욕심이 생기네요. 다들 많이 도와주세요~ 여러분이 함께 해주니 해낼 수 있을 것 같습니다^^ 전 그럼 이만 출근준비하러 가야겠어요!

다들 오늘도 행복한 하루보내요??

고명숙

설을 맞이하며 건강한 일상을 만들기 위한 버킷리스트를 정했습니다. 물먹기. 스트레칭하기.

ㅋㅋㅋ 너무 쉬운데 저한테는 넘 어려운 일이라.

오전 10:31

고명숙

SKT ⬜ 🔋 ... 🔅 ⚙️ 📷 LTE .ıll 57% 🔒 오전 10:31

시계   ⋮

알람   세계시각   스톱워치   타이머

오전 6:50   일 월 화 수 목 금 토 ⬤
스트레칭, 물 한잔

오전 9:55   일 월 화 수 목 금 토 ⬤
물먹고 스트레칭 1

오전 10:55   일 월 화 수 목 금 토 ⬤
물먹고 스트레칭 2

오후 1:55   일 월 화 수 목 금 토 ⬤
물먹고 스트레칭 3

오후 2:55   일 월 화 수 목 금 토 ⬤
물먹고 스트레칭 4

오후 3:55   일 월 화 수 목 금 토

알람만들었어요.   오전 10:32

고명숙

그럼 다들 멋진 새해 맞으세요. ^^   오전 10:34

홍미정대표

모두 모두 새해 복 많이 받으시고요

고명숙님 굿 아이디어네요   오전 10:49

홍미정대표

꼭 성공하세요

저도 매일 7500보 도전시작했습니다   오전 10:50

정효평)4기

행복한 명절연휴 보내세요~~^^   오전 11:19

여정빈
꿈모닝!!^^ 오전 5:35

오전 5:40 오늘도 화이팅입니다! 꿈모닝!

홍미정대표
꿈모닝~~ 오전 5:53

우지혜)14
꿈모닝 ^^ 오전 6:30

고명숙
꿈모닝. ^^ 오전 6:43

고명숙
새로운 버킷이 생겼습니다. ㅎㅎ
오늘부턴 나의 건강에 매~~~우
신경쓰기. 일단 병원 잘 다니기.
ㅋㅋ 남한테 잔소리는 쉬운데, 스스로를
바꾸기는 어렵네요.
^^

그럼에도 화이팅해봅니다.^^ 오전 6:45

홍미정대표
새로운 버킷 응원합니다 오전 6:45

홍미정대표

저도 83일째 제 에너지를 오염시키는
단톡에서 탈퇴했습니다

오전 6:46

 고명숙

ㅋㅋ 감사합니다.
그래도 명절 전이라 병원도 갈 수 있어
다행인 것 같습니다~~^^
좋은 하루 보내세요~~^^

오전 6:46

 고명숙

엇.에너지 오염.

오전 6:47

헉! 두분 축하드립니다 ^^

오전 6:47

 홍미정대표

아~~살것 같습니다 에너지 흡협귀를
몰아낸 제 자신을 칭찬합니다

다시 버킷에 집중 집중할꼬얌♡♡~

오전 6:47

 고명숙

대단한 결심. 축하드려요.

오전 6:47

ㅋㅋㅋㅋㅋㅋㅋㅋㅋㅋㅋ

오전 6:47

홍미정대표

> 아침 몸무게 재기
> 아침 물한잔
> 3종스트레칭
> 마운틴클라이머 30개*3세트
> 도마뱀30개3세트
> 복근운동 마치고 하루를 맞이합니다
> 건강이 최고
>
> 오전 7:18

정효평)4기

> 후앗~~^^ 멋쟁이들~~^^ 오전 8:12

홍미정대표

> 효평작가님 1초독서 짱 잘활용하고
> 있어예
>
> 오전 8:19

정효평)4기

> ㅎㅎ 축하합니다~~^^ 오전 8:20

홍미정대표

> 오전 8:22

경쟁하지 않는 사업을 해라!!

1초만에 책읽기~~^^   오후 12:31

 원종

오호 1초책읽기라.... 시간없을 땐 스윽
좋을듯 합니다!   오후 12:41

 정효평)4기

시간과 상관없이 스윽 읽을 책과
씹어가며 읽을 책을 가리면 좋겠다고
생각합니다~~^^   오후 12:51

 원종

감사합니다   오후 12:59

여정빈

오늘 논어필사와 구몬한자를 하고
자려고 했는데, 예상치 못한 엄마의
심부름 하느라....못하고 자야겠어요
어떻게든 하고잘까 고민했으나,내일을
위해 지금 자야겠어요...너무 졸립니다ㅠ
내일은 청춘도다리도 가야하니 더
바쁘게 하루를 보내야겠네요. 그럼 전
이만 꿈나라로...ㅋㅋ다들 오늘도
고생많으셨어요^^

오후 9:56

화이팅입니다!! 힘내요!

오후 10:05

──────── 2018년 2월 2일 금요일 ────────

경란미라클

여정빈 작가님..진짜 멋져요. 오늘도
운동하기 꼭 성공하셔요!

오전 4:04

경란미라클

꿈모닝! 가는 나에게 잘 하라고 듣기에
쓴 소리를 해주시는 우리
학예연구실장님, 고맙습니다!

오전 4:05

여정빈

끔모닝^^
운동하고 올게용~

오전 4:31

여정빈

운동하고 왔어요
스트레칭 10분
자전거 30분(영어회화 들으며)
근력 20분
오늘이 이틀째임에도 벌써부터
중간에서 그만하고 싶다는 생각이
조금은 들었습니다...그때마다
건강해진다...살이 빠진다...즐겁게
운동하자..라고 되뇌이며 끝까지
해냈습니다!!
하루하루 힘들어질거라 예상해봅니다...
ㅋㅋ그래도 여러분들이 응원해주시니
해낼 수 있을거라 믿어요!! 주말에도 꼭
할거예요!!
그럼 저는 이만 출근준비하러 갑니당~
다들 버킷 이루는 하루되세요!!😄

오전 5:41

오늘 하루도 화이팅입니다! 전 오늘
다시 영어공부시작과 함께 턱걸이 10개,
팔굽혀펴기 시작합니다! 그리고 새로운
강의 준비하기 !

오전 6:00

우지혜)14

운동 대단하세요
화이팅 입니다^^

오전 6:35

 정효평)4기

팔굽혀펴기 5개 못하고 나왔네요 ^^;;

오전 8:04

 원종

전 아침독서를 했습니다!
파이팅입니다ㅎㅎ

오전 8:52

 경란미라클

전 아침 편지쓰기 했습니다!
파이팅입니다^^

오전 9:11

 여정빈

늦을까봐 바로 왔는데 넘 빨리
도착했네요ㅋㅋ

오후 6:51

 정효평)4기

ㅎㅎ 멋쟁이~~^^

오후 6:55

 원종

차가섰습니다

앞으로 안가요ㅜ

오후 7:05

96   버킷프로젝트

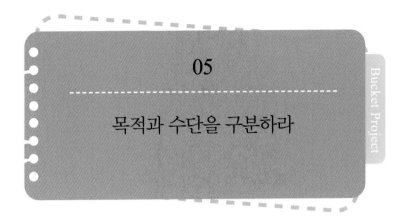

05

목적과 수단을 구분하라

수단은 명사가 될 수 있지만, 목적은 명사가 될 수 없다. -안병조

사람이라면 누구나 목적을 가지고 살아간다. 열심히만 살아가는 것은 아무런 의미가 없다. 에디슨도 말하지 않았는가. "1%영감과 99%의 노력이 필요하다" 여기서 에디슨이 강조한 것은 1%영감인 방향성을 강조한 말이다. 잘못 알려져서 노력이 중요하다고 인식하게 되었는데 절대 아니다. 목적 있는 노력이 중요하다. 우리는 새해 목표, 10년 목표, 삶의 목표 등 정말 다양한 목표를 세운다. 그런데 목적과 수단을 잘 구분 못하다 보니 목표가 잘 못 되는 경우가 많은 것 같다.

사람들이 목적이라고 세운 것을 보면 수단인 경우가 많다. 난 수단은 명사가 될 수 있지만 목적은 명사가 될 수 없다고 생각을 한다. 대학 입학, 면접합격, 결혼, 스펙, 알바와 같은 것들은 내가 이루고자 하는 방향을 가기 위한 수단일 뿐이지 목적이 될 수는 없다. 우리는 대부분 목적=꿈을 일치 시킨다. 꿈이라는 것을 들어보면 어른들이라면 직장을 꿈이라고 생각하고, 청소년이라면 명문대학교가는 것이 꿈이다. 마친 누구가 찍어 낸 장난감처럼 정해진 수단을 향해서만 달려가는 것 같다. 내가 생각하는 목적과 수단은 이런 것이다. 어렸을 때 옆집 할머니가 살고 계셨다. 그 할머니는 나를 굉장히 이뻐해주셨다. 그런데 어느 날 할머니께서 돌아가셨다는 소식을 듣게 된다. 할머니께서 고열로 바닥에 쓰러지셨는데, 근처에 병원도 없고 할머니를 데리고 병원에 갈 수 있는 사람도 없어 할머니께서 돌아가신 것이다. 이 소식을 들은 아이는 충격을 받게 된다. 나를 이뻐해주셨던 할머니를 생각하며 이런 생각을 하게 된다. "돈이 없어서, 주변에 돌봐주는 사람이 없어서 돌아가시는 사람들이 없었으면 좋겠다." 이 생각을 이루기 위해 이 아이는 열심히 공부를 해서 의대에 가게 되고 의사가 되어 어려운 사람들을 돌보는 사람이 된다. 이 아이가 의사가 된 것은 어려운 사람들을 돕기 위함이었다. 의대

와 의사는 이 목적을 이루기 위한 수단일 뿐이다. 다시 말해 의사라는 직업은 이 아이의 목적을 이루기 위한 수단일 뿐이지 목적이 될 수 없다. 그런데 사회를 돌아보면 대학이 목적이고, 의사가 되는 것 자체가 목적이 되어 버린 것 같다. 그러니 대학교 가고 나서는 목적이 상실된다. 그래서 뭘 해야 될지를 모른다. 또한 의사가 되고 나서는 그냥 돈벌이 수단으로 의사를 하시는 분들이 많아 진 것 같다. 오해가 없길 바란다. 설명을 하다보면 극단적으로 해야 될 때가 있다. 실제로 우리 사회에는 목적을 가지고 살아가시는 의사 분들도 많을 것이다. 의사를 예로 들어서 그렇지 다른 분야도 이와 크게 다르지 않다고 생각한다. 대학 가는 것 자체를 나의 적성이나 나의 행복을 위한 선택이 아니라 단순히 뜰 것 같은 인기 있는 대학을 성적에 맞춰서 가다보니 나의 적성이나 나의 행복보다는 오로지 돈이 되는가가 가장 큰 목적이 된 것 같다. 돈도 우리가 살아가기 위한 수단일 뿐이다. 그런데 다른 수단보다는 우리의 삶에 크게 영향을 주는 것은 동의한다. 수단과 목적을 잘 구분해서 자신에게 맞는 목적을 찾길 바란다.

21세기는 브랜딩 시대라고 말한다. 1인 기업이 넘쳐나고 새로운 아이디어로 부자가 되거나 CEO가 되는 경우가 많아지고 있다. 나를 브랜딩할 수 있는 나만의 목적을 찾는다면 당신도 나이키나 페이스북과 같은 브랜드를 가진 1인기업가가 될 수 있다.

06

블로그, 페이스북, 카카오톡을 통해
나의 목표를 알려라!!

새해 목표나 버킷으로 빠지지 않는 항목들이 있다. 다이어트, 금연, 금주, 해외여행 등이 있다. 30살을 준비하며 나도 새로운 버킷을 설정했다. 이 버킷을 강연을 통해서 그리고 블로그, 페이스북을 통해서 "전 세계화폐로 도서관을 짓겠다."라는 버킷을 올렸다. 많은 사람들이 질문을 했다. '어떻게 전 세계화폐를 모을 것이냐?' 그리고 '왜 전 세계화폐로 도서관을 지으려고 하느냐?' 라는 질문을 받았다. 전 세계화폐로 도서관을 짓고 싶은 이유는 아직 세상에는 전쟁이 끝나지 않았고 배우고 싶어도 배우지 못해 가난에서 벗어나지 못하고 안타깝게 죽어가는 아이들이 여전히 많기 때문이다. 이런 아이들을 포함해서 가난한 사람들이 가난에서 벗어날 수 있도록 돕고 싶다. 누군가는 먹을 것으로 돕고 있다면 난 나만의 방법인 책으로 그들을 돕고 싶다. 한국의 화폐만으로는 세상의 평화를 위해 전 세계인의 동참을 얻는 것이 힘들다고 생각을 한다. 전 세계 모든 사람들의 도움을 얻고 싶다. 자국의 화폐로 만들어진 도서관을 보면서 평화를 위해 모두가 손을 잡아야겠다는 생각을 하게 될 것이라고 생각한다. 이런 생각을 전하고 올렸더니 많은 사람들이 반응을 했다. 많은 사람들이 여행 중에 남은 달러를 보내주셨다. 기억에 남는 사람이 있다. 나와 같이 컴패션 일반인홍보대사를 하고 있는 이은범 누님께서 서울 은평구에 있는 우체국을 통해 서울에서 부산으로 여행 중 남은 화폐를 보내준 적이 있다. 그때 우체국 직원이 내용물이 뭐냐고 물어봤고 외국 동전과 지폐라고 말했더니, 이걸 부산으로 왜 보내냐는 질문에 나의 취지를 직원에게 알려줬다. 그 직원은 너무 멋진 계획이라며 은범누님에게 나도 부산에 있는 청년에게 달러를 보내주고 싶은데 보내줘도 되냐고 물어 본다며 나에게 보내줘도 되냐고 물어봐주셨다. 당연히 "YES"가 아니겠는가! 그리고 진짜로 은평 우체국에서 택배가 왔다. 귀한 동전과 달러를 보내주신 이혜영님 감사합니다. 그리고 모우지 못한 화폐는 전 세계여행을 통해서 동전을 모우겠다는 나의 버킷을 SNS를 통해 알렸다. 감사하게도 울산꿈파쇼,

부산꿈파쇼, 청춘도다리, 미라클팩토리, 부산 3대 통닭 희망통닭 사장님 등 다양한 곳에서 후원으로 동참해주기로 했다. 그리고 같이 여행을 떠나고 싶다는 청년들도 생겼다. 음악 하는 친구, 영상을 공부하고 있는 친구, 미술과 요리를 잘하는 친구, 그리고 몇 명의 사람들이 함께 하기로 했다. 사실 어렸을 때부터 꿈이었기 때문에 나가고는 싶었지만 혼자 나가기 두려운 부분도 있었다. 함께 하는 사람이 생기니 두려움이 많이 사라졌다. 함께 해주는 모든 분들에게 감사함을 전한다. 그리고 이건 나의 개인적인 버킷일수도 있기 때문에 SNS에 올리지 않았다면 그냥 안하면 그만이다. 그런데 SNS에 올리니 사람들의 관심이 생기고 지켜보는 사람이 있으니 하지 않으면 안 된다는 생각이 든 부분도 있다. 반 강제적으로 해야 되는 당위성을 선물해주니 SNS에 올리는 것이 좋다는 생각이 든다. SNS 올리기 전에는 나만의 목표일수도 있지만 SNS 올리는 순간 나와 비슷한 버킷을 가진 사람들의 죽은 DNA가 자극이 된다. 그 결과 나와 비슷한 버킷을 가진 사람들이 반응만 해준다면 더 이상 나만의 버킷이 아니다. 혼자는 넘어지면 일어나기 힘이 들지만 함께라면 일어나기가 좀 더 쉬워진다. 나의 세계여행 버킷도 어떻게 영상을 찍지? 배워야 되나? 섭외해야 되나? 길거리 공연도 하고 싶은데 노래 해주

는 사람은 없나? 내가 노래를 배워야 하나?라는 고민을 한 적이
있었다. 그런데 여러 가지 고민거리가 한 번에 해결 되었다. 나
혼자 모든 것을 해결하려고 하지 말고 전문가를 동참시켜 그 일
을 마음껏 신나게 협력해서 하면 된다. 당신의 버킷 지금 당장
SNS에 올려보길 강요한다!

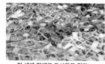
전 세계 화폐로 도서관을 짓자

북한사람들을 통해 미국에 도서관을 짓는다

월드컵 직관!!!

세바시 출연!,
부산 세바시를 만들자.

안병조의 비전보드

버스킹, 길거리로 나가자.

시골마을 개발!

우유니 사막, 별보기

노벨평화상 받기!

04

물통이 흘러넘치게 만들어라
버킷프로젝트 3단계

Part 04

부정적인 마음만으로 사람을 죽일 수도 있다.
반대로 생각해볼 수 있을 것 같다.
부정적인 마음만으로 사람을 죽일 수 있다면
긍정적인 마음만으로
사람을 살릴 수도 있다는 말이다.

01

당신의 물통은 어떤 상태인가?

버킷을 잘 실천하고 있는가? 빨리 읽는 것보다 중요한 것은 내 삶에 적용하고 있는지가 중요하다. 많은 사람들이 자기계발서를 읽으면서 이런 생각을 한다. '다 아는 내용이잖아?', '이걸 누가 몰라?' 안다고? 그럼 제발 실천해라! 자기계발서가 하나같이 실천하라고 말을 하는 이유가 뭘까? 자기계발서에서 실천하는 그 방법대로 하면 성공할 수 있기 때문이다. 그렇다고 모든 자기계발서가 정답은 아니다. 그리고 나한테 맞지 않을 수가 있다. 습관으로 만들 수 있도록 도와주는 자기계발서를 찾고 그 책에 나오는 내용대로 실천했으면 한다. 당신의 그 책이 내 책이 되었으면 한다.

건강한정신,체력키우기
독서 잘하기
커피 잘하기
공예작가되기
걷기여행하기
에세이 출판
공인중개사 공부하기
할머니때도
좋아하는 일로 잘먹고 살 수 있는
능력키우기
좋은사람되서 좋은사람 만나기

2018 김한숙 버킷리스트

1.한달에 10권씩 책 읽고 글 쓰기
2.감사일기 6개월 꾸준히 써 보기
3.아침에 일어나 다리 들어올리기 20회
4.아이들 등교시 사랑해 하며 꼭 안아주기
5.토요일 가족회의 진행하기
6.1년에 한번 가족여행 가기
7.엄마, 아빠께 이틀에 한번씩 안부전화 하기
8.내가 좋아하고 잘 하는 일 찾아보기~

중학생 정현

1:버킷리스트: 길거리 공연입니다 음악으로 꿈을 꾸고 있는 사람들은 꿈이이루어지면 공연 올 할것입니다 그렇지만 저는 큰공연 에 나가서 두려움 에 떠는 것보다 작은공연 부터 시작해서 천천히 나아가는게 좋다고 생각해서 이런 버킷리스트를 적었습니다
2버킷리스트:나만의 녹음실과 기타와 녹음기.. 음악을 하면서 필요한것을 살겁니다 저는 아직 학생입니다 저가 돈을 벌수 있는 사람이 되지도 않고 또한 부모님에게 큰돈을 달라고 할수도 없는것같아서 버킷리스트를 적었습니다
3버킷리스트:사랑하는 사람 에게 자작곡 들려주기 저는 아직까지는 노래도 가수처럼 못하고 기타리스트 처럼 기타를 못하지만 계속해서 연습을 시작한다면 그꿈을 이룰수있고 사랑하는 여자가 좋아할수있다고 생각합니다
4버킷리스트:자작곡 을 만들어 음원내기(기타 ,노래)저가 이세상에서 가장 좋아하는것이 기타,노래여서 그리고 음원이 많이 안팔릴지라도 그에대한 재미와 행복이있다면 할것같습니다
마지막5버킷리스트:노래를 못부르는(음치)에게 노래나 악기 가르치기
저의 아버지가 원래 노래를 정말 못부르시는데 저가 노력을 하면 되는것도 있고 안되는 것도 있는거를 가르쳐주고 싶어서 노래는 꼭 잘부른다해서 다가아니다

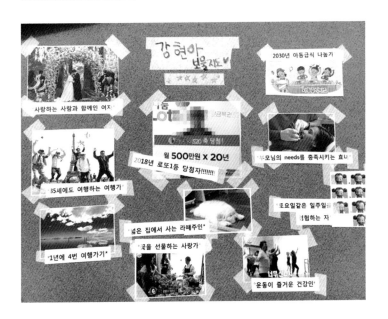

내가 말한 방법대로 실천을 잘 해왔다면, 삶에 지치고 여러 가지 업무에 찌들려서 지쳐버린 상태가 되었을 것이다. 그래서 의욕도 조금 사라지고 약간 힘도 빠졌을 수도 있다. 업무에 치여 일상생활이 없어졌다면 버킷이고 뭐고 그냥 쉬고 싶을 것이다. 나도 그렇다. 두 달 동안 버킷을 실천하면서 근본적인 문제를 고민하게 되었다. "나의 버킷은 안전한가?" 많이 채우고 많이 이루는 것도 중요하지만 정말 나의 버킷은 안전한가? 나의 물통에 한 방울이라도 검은 잉크가 들어와도 나의 물통은 검은색으로 변한다. 그렇다면 나의 버킷에 안 좋은 생각, 욕심으로 가득한 버킷이 많다면 과연 버킷이 많다고 많이 이뤘다고 좋은 것일까? 난 아니라는 생각을 하게 되었다.

02

부정적인 마음만으로
사람을 죽일 수 있다

당신은 부정적인 사람인가? 아니면 긍정적인 사람인가? 자신의 언어나 생활습관을 한번 되돌아봤으면 한다. 우리가 100번의 말을 한다면 51번 부정적으로 말을 하는 사람은 부정적인 사람이 될 것이고, 51번 긍정적인 말을 했다면 당신은 긍정적인 사람에 가까울 것이다. 51대 49이다. 한 번의 차이가 큰 차이를 만든다. 49번 긍정적인 언어를 사용했다면 조금만 노력해서 긍정적인 사람이 되었으면 한다. 우리 모두는 보이지 않는 물통(버킷)을 가지고 있다. 바로 마음이라는 물통이다. 그리고 국자도 하나씩 가지고 있다. 이 국자로 자신의 물통을 채울 수도 있고, 비울 수도 있다. 당신의 언어가 당신의 생각이 당신의 마음을 공허하게 만들 수 있다는 것이다. 또한 주변 사람들의 말이나 행동에 따라 지속적으로 물통이 채워지기도 하고 비워지기도 할 것이다. 물통이 긍정으로 가득 차 있을 때 우리는 행복을 느끼게 될 것이고, 비어 있을 때 우리는 고통을 느끼게 될 것이다. 다시 강조하지만 물통(버킷)이 가득 차 있다고 항상 좋은 것은 아니다. 부정적인 것으로 가득 채워져 있다면 비워져 있는 것보다 오히려 안 좋은 상태인 것이다. 당신의 물통(마음)의 상태는 지금 어떤가? 내가 생각하는 버킷은 머리가 아닌 가슴속에 있다고 생각을 한다. 머리가 시키는 이성적인 것이 아니 가슴이 시키는 감성적인 것에 반응하길 바란다. 이성은 더러워도 성공을 위해서 눈감고 실천할 수 있지만 나의 감정은 부정적인 것이 들어왔을 때 거부반응을 일으킨다. 더 이상 이성에 지배당하지 말고 감성과 동행하는 삶을 선택했으면 한다.

대한민국에 6.25전쟁이 있었다. 남한(한국)을 돕기 위해 수많은 미국 군인이 6.25전쟁에 참전했다. 그 중에서 많은 미군인들이 북한 포로로 잡혔었다. 미군이 잡혔던 포로수용소에는 강철이나 콘크리트로 쌓인 벽이 없었다고 한다. 그런데 이상하게도 탈출을 시도하지도 않았다고 한다. 미국 병사들의 말을 들어보면 "정신적으로 독방에 갇혀 완전히 고립된 상태였다."라고 말을 한다.

왜 이런 일이 발생했을까? 미군 병사 중에서 잘 못한 사람이 발생했을 때, 누군가가 신고를 하면 신고를 한 사람에게는 포상을 해준다. 그리고 잘 못한 사람에게는 아무런 처벌도 하지 않았다고 한다. 포상을 받기 위해 밀고를 하기 시작하게 되면서 미군 병사들 사이에 신뢰관계가 깨지게 되고 아무도 믿을 수 없는 상태로 인해 극도로 스트레스를 받게 되었다는 것이다. 지금도 북한에서 행해지고 있는 '밀고'라는 것이다. 그리고 여기서 그치는 것이 아니라 스스로를 불신하게 만드는 자아비판, 국가와 상사에 대한 충성심 파괴, 긍정적인 감정을 일으키는 모든 요인을 차단함으로 인해서 모든 신뢰관계를 파괴해버렸다. 이로 인해 미국이 치뤘던 모든 전쟁 중에 6.25전쟁에서 가장 많은 포로가 사망에 이르렀다고 한다. 부정적인 사고가 극단으로 치달았을 때 38%라는 놀라운 사망률이 발생한다고 한다. 당신은 신뢰관계가 있는 회사를 다니고 있는가? 가정의 분위기는 어떠한가? 나의 버킷도 중요하지만 주변이 병들어 있고 부정적인 환경에 노출되어 있다면 나의 버킷을 지키기가 쉽지 않을 것이다. 위에 사망률을 통해서 부정적인 마음만으로 사람을 죽일 수도 있다. 반대로 생각해볼 수 있을 것 같다. 부정적인 마음만으로 사람을 죽일 수 있다면 긍정적인 마음만으로 사람을 살릴 수도 있다는 말이다.

03

왜 저런 식으로 말하는 거지?

사람들이 회사를 그만두는 첫 번째 이유가 무엇일까? 그것은 바로 인정받고 있다고 못 느끼기 때문이다. 당신은 어떤가? 회사에서 인정을 받고 있는가? 인정을 받고 있다면 다행이지만 인정을 받고 있지 못하다면 회사생활이 그렇게 유쾌하지는 않을 것이다. 인정을 받지 못하는 이유가 나의 실력부족이라면 실력을 쌓으면 되지만 다른 이유로 인정받지 못하고 있다면 정말 속이 탈 노릇이다. 특히 여성분들은 직장 내에서 질투로 인해 여성 직장 동료를 미워하는 경우가 많은 것 같다. 일을 잘 해서 인정받는 여성 동료가 마음에 들지 않아서 업무외적인 다른 이유로 시비를 거는 경우가 많다는 이야기를 종종 듣게 된다. 이렇게 된다면 나의 물통은 비워지는 상태가 될 것이다. 다른 이유지만 나 같은 경우는 강사이기 때문에 강연이나 강의를 하면서 내가 준비한 의도와 다른 말을 하고 있거나 청중들의 분위기를 파악하지 못하고 엉뚱한 소리를 하고 있는 나 자신을 발견하게 되면 굉장히 화가 난다. 사람들은 내가 어떤 강연을 준비했는지 하나부터 열 가지 다 모르기 때문에 좋은 강연이었다라고 피드백을 해준다. "덕분에 나도 산다는 느낌을 받았다.", "내 삶을 돌아보게 되었다." "좋은 강연을 들어서 좋았다."라는 이야기를 듣게 되더라도 내 스스로에게 만족을 할 수 없는 상태이다. 직장에서 인정을 받지 못할 때 회사를 그만두고 싶다면 나는 이런 강연을 했을 때 다시는 강연을 안해야지라는 생각을 하게 된다. 이때 누군가가 다가와서 "당신 강의..."라는 말을 하는 순간 가슴이 멈출 것 같다. '이다음에 무슨 말이 나올까? 제발 그냥 지나가라...' 여러분들도 그렇지 않은가? 긍정적인 상태에서 "당신에 대해 이야기 많이 들었어요!"라는 이야기를 듣게 된다면 다음에 어떤 이야기가 나올지 기대가 되지만 내가 부정적인 상태라면 '제발, 듣고 싶지 않아. 그만!' 이라는 생각을 하게 될 것이다. 긍정적인 상태에서는 미세하게 자른 앞머리를 발견하고 "어! 머리 잘랐네?"라는 말만 해줘도 대부분의 여자들은 엄청 행복해한다. 그런데 기분이 안 좋은 상태라면? 우리 작은누나가 머리를

버킷프로젝트

자르고 난 뒤 기분이 좋았던 적이 별로 없었던 것 같다. 그런데 내가 머리 자른 걸 발견하고 "어 누나, 머리 잘랐네? 이쁘다!"라고 말했다면 어떤 상황이 벌어질까? "지금 내 놀리니? 안 그래도 머리 이상하게 잘라서 기분 안 좋은데!"라는 소리를 듣게 될 것이다. 칭찬이라고 항상 좋은 것만은 아닌 것 같다. 상황에 맞는 칭찬을 하자. 부정적인 상사는 부하직원의 심장마비 확률을 33%나 증가시킨다고 한다. 부정적인 상사로 인해 33%의 심장마비 확률이 올라간다면 부정적인 마인드는 얼마나 위험하겠는가! '맙소사! 왜 저런 식으로 말하는 거지?' 그 순간 모든 자신감이 한 방울도 남김없이 씻겨 내려가 버린다. 이 말에 동의하는 사람이 많을 것이다. 그런데 이번에도 반대로 생각을 해봤으면 한다. '당신은 타인에게 이런 존재이지는 않은가?'

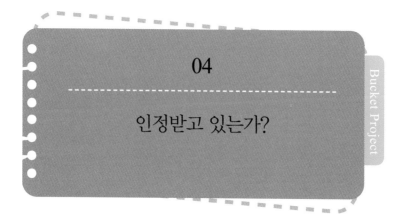

04

인정받고 있는가?

Bucket Project

지난 1년간 칭찬이나 인정을 받은 기억이 있는가? 그것이 무엇인지 잘 생각해보자. 칭찬을 받지 못했다면 정말 심각하다. 그렇다면 당신 주변에 일어나는 문제는 모두 당신 때문이다. 버킷을 써서 이룬다고 해도 주변 사람들이 어떻게 당신을 평가하겠는가? '지 밥그릇만 잘 챙기네! 지 혼자 아주 잘났어!' 응원해주는 사람이 없다면 당신은 다시 도전을 하고 싶겠는가? 부산명지오션시티에서 어머님들과 독서모임을 진행하고 있다. 어머님들에게 인정받고 있냐는 질문을 던졌는데, 신기하게도 같이 독서모임 하는 어머니들은 인정을 받으면 살고 계셨다. 어떻게 인정을 받고 있냐고 물어봤더니, 한 어머니께서 이런 말씀을 해주셨다.

"우리 남편은 집안일을 안 해도 별말 하지 않아요. 그리고 제가 외부에서 하는 활동들을 존중해줘요. 어느 날 빨래를 오랫동안 하지 않아서 속옷이 몇 개 안 남았더라고요. 결국에는 하나밖에 남지 않게 되었다. 남편한테 어떻게 하지 빨래를 안 해서 속옷이 이제 없어라고 말했어요. 다른 남편 같았으면 핀잔을 줬을 텐데, 저희 남편은 이렇게 말했더라고요. "아이구 내가 오늘 집에 올 때 팬티 10장 사와야겠네^^"라고 말하는데 '아, 난 남편한테 인정받고 있구나'라는 확신을 가지게 되었어요." 아줌마들만 있는 독서모임을 하다 보니 이렇게 얼굴이 붉어질 때도 있다. 어머님들은 모른다. 부끄러운 것은 오직 나의 몫이다. 이것만 봐도 알 수 있는 사실은 '지나치게' 인정받아서 고민이 된다는 사람은 없다. 그런데 신기하게도 한번 지적했는데, "그만해! 알겠어! 적당히 해!"라는 말이 나오지 않는가? 난 이제 지적질을 시작했는데 말이다! 모든 사람이 살면서 한번은 지적질을 당해봐서 알 것이다. 지적질은 한번도 '지나치다!' 그러나 칭찬이나 인정을 지나친 게 없다!' 제발 주변 사람들을 많이 칭찬해줬으면 한다. 상대방이 '알겠지!'라는 생각은 버려라! 당신이 아무리 상대방을 좋게 생각한다고 해도 입 밖으로 나오지 않은 생각은 상대방이 알 수 없다. 그렇게 되면 상대방은 '난 왜 인정받지 못하고 살아

버킷프로젝트

가지?'라는 생각을 하게 될 것이다. "너 때문에 지저분해졌잖아!", "너 편식하지 말고 이거 먹어"라는 말 대신 어떤 말을 해줄 수 있을까? 당장 떠오르지 않다면 지적질에 익숙해진 당신이다. 이것을 긍정적인 언어로 단순에 바꿀 수 있다면 당신은 이미 긍정적인 사람인 것이다. 지적은 사람을 변화시키지 못한다. 공감과 이해만이 상대방을 변화시키는데 도움을 줄 수 있을 뿐이다. 우리는 하루 동안 2만 번의 개인적인 순간을 경험한다고 전문가들은 말한다. 1만 1번 우리가 부정적인 것에 노출된다면 부정적인 생각을 더 많이 하게 될 것이다. 1만 1번 긍정적인 것에 노출된다면 우리는 긍정적인 사고를 하게 될 것이다. 내가 인지 못하는 수천 번의 개인적인 순간이 지금의 나를 만든 것이다. 이제라도 의도적으로 긍정적인 환경에 나를 노출시키자. 긍정적인 마인드를 가지기 위해서 노력을 해야 한다. 나는 여기까지 글을 읽어준 당신에게 너무 고맙다. 그래서 당신이 걱정이 된다. 나 보다 더 잘 할까봐^^ 변화되기 위해서 함께 노력해보자. 나뿐만 아니라 주변 환경도 함께 바꿔보자! 따뜻한 말 한마디, 이거면 충분하다.

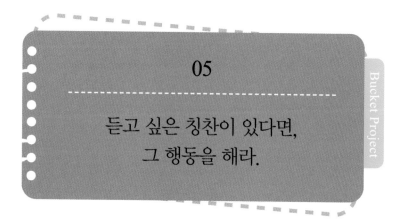

05

듣고 싶은 칭찬이 있다면,
그 행동을 해라.

당신이 사람들로부터 인정받은 것 중 최고의 것은 어떤 것이었나? 잠깐 시간을 내서 한번 적어보길 바란다. 수많은 칭찬 중에서 그 칭찬이 떠오른 이유가 무엇일까? 내가 생각하기에는 평소에 듣고 싶었던 칭찬이었거나 뜻밖에 칭찬을 받았을 경우일 것이다. 최근에 받은 칭찬 중에 최고의 칭찬은 뭐냐고 몇명 사람들에게 물어 본적이 있다. 한 유치원 선생님은 "넌 보물이야", "선생님이 좋아요. 엄마보다도 좋아요."라는 말을 들었을 때라고 한다. 정말 멋진 칭찬이지 않는가? 그런데 조금 슬프긴 하다. 엄마가 못 해주는 것일까? 선생님이 워낙 잘 해주는 것일까? 난 후자였으면 한다. 그리고 다시 질문을 던졌다. "실제로 받고 싶은 칭찬은 뭐죠?" 선생님께 생각나는 만큼 적어달라고 했다. 선생님께서 받고 싶은 칭찬은 "요리 잘해", "너의 사진을 보면 마음이 울려", "감동이 있어", "아이들을 사랑으로 보살피고 있어"였다. 그리고 선생님께 이런 질문을 드렸다. "실제로 받고 싶은 질문과 실제로 받은 질문이 다른 이유가 뭘까요?" 당신은 뭐라고 생각하는가? 선생님께서 들었던 칭찬도 충분히 훌륭하고 최고의 칭찬은 맞다. 그런데 선생님이 듣고 싶은 칭찬이랑은 거리가 조금 있다. 선생님이 엄마보다도 좋다는 말과 아이들을 사랑으로 보살피고 있어는 어느 정도 비슷하지만. 그런데 나머지의 칭찬은 거리가 멀다. 실제로 선생님은 요리를 잘하시기 위해 아침 일찍 요리학원도 다니셨다. 요리 실력은 상상에 맡기겠다. 선생님께서 받고 싶은 칭찬과 실제로 받은 칭찬이 다른 이유는 뭘까? 선생님이 받고 싶은 칭찬을 받기 위해서는 어떻게 해야 할까? 간단하다. 그 칭찬을 받기 위해 그 행동을 하면 된다. 주변 사람들에게 직접 만든 맛있는 음식을 대접하면 되고, 나의 가슴을 울리는 사진을 먼저 찍어서 인스타나 페이스북에 올리거나 주변 사람들에게 선물해주면 그 사진이 다른 사람에게 울림이 있는지 없는지 알 수 있게 될 것이다. 울림이 없다면 다시 사진을 찍으면 된다. 그리고 만나는 사람들에게 감동을 주기 위해 상대방이 처한 상황을 잘 관찰해서 그 사람이 필요한 부분

최근 1년간 받은 칭찬	자신이 받고 싶은 칭찬
〈직장 상사에게〉 잘하고 있어 오~ 잘 만들었는데! 재능있는데! 〈환자, 보호자에게〉 선생님께만 와야겠다 선생님, 감사합니다 〈직장동료/친구/지인에게〉 도와줘서 고마워 동기부여 받는다	잘하고 있어, 잘했어 넌 정말 대단해 네가 있어서 감사해 고마워 진심 용기 있다 탁월한 선택이야 보고싶다. 그립다 또 만나면 좋겠어

을 채워 주면 된다.

또한 예상하지 못한 순간에 무심코 던진 한 마디가 그 사람에게 감동을 줄 수도 있다. 상대방이 예상하지 못한 것이지 나는 예상하고 멋진 한 마디를 던져주는 것이다. 쉽지 않은가? 내가 받고 싶은 칭찬을 멍청하게 앉아서 '왜 나한테 이 칭찬을 안 해 주는 거야'라는 생각은 그만하자. 가만히 있는데 당신이 무슨 칭찬이 듣고 싶은지 어떻게 알 수 있단 말인가. 이쁘다는 말을 듣고 싶다면 이쁘게 꾸미던가, 이쁜 짓을 하던가 해야 된다. 미세하게 달라진 자신의 모습을 남자 친구가 딱 보고 알아보길 바라지 말고 둔한 남자가 딱 봐도 알아볼 수 있게 머리 좀 잘라라! 웬만한 남자는 당신이 자른 3cm 머리를 알아차릴 수 없다. 당신이 듣고 싶은 최고의 칭찬을 쭈욱 적어보자. 이것도 버킷이 될 수 있다. 그리고 하루에 한 가지의 칭찬을 받기 위한 행동을 하자. 당신은 매일 칭찬 받는 사람이 될 수 있다. 돼지에게 노래 부르는 걸 가르치려고 하지 말라는 말이 있다. 아무 칭찬이나 한다고 좋은 것이 아니다. 내 삶에 활력을 얻을 수 있는 칭찬을 받을 수 있도록 하자.

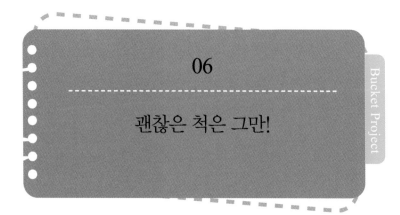

06

괜찮은 척은 그만!

우리는 하루에도 긍정적 상호작용과 부정적 상호작용을 오가며 살아가고 있다. 같은 상황이더라도 긍정적으로 반응을 하면 긍정적 상호작용을 하고 있는 것이고 반대로 부정적으로 반응을 한다면 부정적 상호작용을 하고 있는 것이다. 전문가들이 말하길 이 5:1 비율일 때 가장 좋다고 한다. 이것을 마법의 비율이라고 한다. 무조건 긍정적 상호작용을 해야지 좋은 상태라고 생각하면 안 된다. 긍정적 상호작용과 부정적 상호작용이 13대 1 이상으로 올라가면 오히려 상황이 나빠진다고 한다. 분명히 화가 나는 상황인데, 긍정적 상호작용을 행동하기 위해서 괜찮은 척을 하지 말라는 것이다. 우리는 착한사람 콤플렉스를 가지고 있는 것 같다. 분명히 기분이 안 좋은데, 상대방이 상처를 받거나 나를 안 좋게 볼까봐 괜찮은 척을 너무 많이 하는 것 같다. 착한 사람은 없고 착한 척하는 사람만 넘쳐난다. 13대 1 이하로 비율을 지키기 위해 억지로 질책 할 필요는 없지만, 그렇다고 억지로 긍정적으로 넘어가려고 하지 말았으면 한다. 자신의 감정에 솔직해지고 솔직한 감정에 솔직하게 답변하는 것을 나쁘게 바라보지 않는 시대가 되었으면 한다. '별것 아니 걸로 화를 내지?'가 아니라 ' 저 사람에게는 저 부분이 별것일수도 있겠구나! '라는 생각을 해야 된다. 나 또한 상대방이 별 것 아닌 걸로 생각하더라도 나한테 중요한 부분이면 솔직한 심정을 털어 놓자. 이것이 서로를 건강하게 하는 방법이다. 나를 통해 버킷을 실천하고 있는 박성은 학생이 나에게 보내준 글을 보며 건강해지고 있다는 생각이 든다.

버킷 3일 차 _

오늘은 마음 심정의 변화가 조금 있었다. 그래서 힘들었다, 하지만 힘들면 울겠다는 버킷을 무시한 채 짜증나는 친구를 두고 나는 혼자서 계속 해 참고 있었고 그래서 많이 화냈다. 결국 내가 참은 거는 잘못 됐다고 생각할 수 있는 거지만, 남들에게 화를 내면서 상대방에게 피해를 입힌 것은 더욱 더 잘못했다고 생각해서 미안했지만 짜증이 났다, 앞으로는 조금 더 말을 예쁘게 말을 해보아야 겠다고 다짐 한다. 물을 갖고 다니면서 마시니 2컵 비우는 건 아주 너무 나도 쉬웠다^^ 다행스러웠다. 점차 버킷 이었던 내 하루 생활 리스트가 내 인생의 터닝 포인트가 될 수 있겠다고 생각했고, 앞으로 하나씩 추가하면서 내 단점도 쉽게 고쳐질 것 같다. 밀려오는 잠 때문인지 일기와 책은 정말 하고 싶지만 조금씩 미루게 되는 성향이 있다. 조금 더 노력해야 될 것 같다. 내 생각 10분은 이제서야 진짜 30분정도 나를 고민하게 되었고 정말 많은 시간을 통해서 내가 성장하는 것 같아서 행복했다. 매일 거울 보면서 웃기는 화를 내면서 한번 실패했고 나머지는 다 성공! 앞으로 더 성장할 수 있도록 내가 조금 더 생각하고 행동해 지혜롭게 거듭 성장하는 내가 되었으면 한다! 오늘도 수고했음 ㅎㅎ 앞으로 더 긍정적이게 세상을 바라보면서 힘차게 달려 나갔으면 좋겠다! 화이팅 박성은

당신도 괜찮은 척 하고 있다면 이제는 그만! 괜찮은 것과 괜찮은 척은 완전 다르다. 원래 부정적인 사람도, 긍정적인 사람도 없고 환경에 노출되고 습관으로 인해 지금의 성격이 형성된 것이다. 기억해야 할 것은 개인의 선천적으로 타고난 성향과 상관없이

정기적으로 자신의 상태를 점검해 보자. 그럼 자연스럽게 긍정 적인 감정을 증가시킬 수 있다.

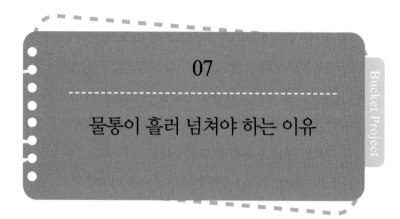

07

물통이 흘러 넘쳐야 하는 이유

여기에 물 컵이 있다. 컵 속에는 정확히 반이 채워져 있다. 이런 질문을 많이 들었을 것이다. "물이 얼마나 있나요?" 당신은 어떻게 대답을 했는가? 보통 두 가지 대답이 나온다. "어, 물이 반이나 남았네?", 또는 "물이 반 밖에 없잖아!" 당신도 이 대답 중에 하나를 선택하고 말 했을 것이다. '반이나 남았네'라고 말한 사람에게는 긍정적인 사람이라고 말하고 '반 밖에 없잖아!' 라고 말하는 사람을 부정적인 사람이라고 우리는 배워왔다. 동일한 사건이나 상황에서도 문제를 어떻게 표현하느냐에 따라 판단이나 선택이 달라질 수 있는 현상을 가리켜 프레이밍 효과라고 한다. 그런데 나는 이 프레이밍 효과에 도전을 하고 싶다. 반이나 남았는데는 왜 긍정적인 표현이고 반 밖에 없다는 부정적인 표현인거지? 이 현상을 보고 난 이런 생각을 했다. 반이나 남았네라고 생각을 하는 사람은 현실에 안주하고 미래를 대비하지 않는 사람이다. 반 밖에 없잖아!라고 말하는 사람은 현실을 인지하고 반 밖에 없으니 물을 채우기 위해서 어떻게 해야되지?라고 생각하는 사람이라고 생각했다. 반이나 남았든, 반 밖에 남지 않았던 중요한 것은 내가 입을 데고 마시는 순간 물은 바닥을 향해 간다는 것이다. 지금 주어진 현상이 중요한 것이 아니라 어떻게 물을 다시 채울까를 고민해야 되지 않을까? 나의 물통 속에 있는 감정, 버킷도 마찬가지다. '반이나 남았어!' '나' 반 밖에 없잖아!'가 중요한 것이 아니다. 물을 좋은 감정이라고 하고 빈 공간을 나쁜 감정이라고 한다면 좋은 감정과 나쁜 감정이 반반 있는 것이니 조금만 상황이 안 좋아지면 금방 나쁜 상황에 들어가게 되는 것이다. 물통이 80퍼센트 채워져 있으면 좋은 상태이지만 고개를 내밀어 일부러 봐야지 물통의 상태를 알 수 있다. 난 물이 반이나 있잖아!를 넘어 물잔(물통)이 흘러넘치고 있잖아! 상태가 되었으면 좋겠다. 그러면 투명유리로 된 물 잔이 아니더라도 나의 물 잔에 물이 얼마나 남았는지를 항상 알 수 있으니 말이다. 그리고 물통이 흘러 넘쳐야 하는 또 다른 이유가 있다. 내 물통이 흘러넘쳐야 그 흘러넘치는 물로 자연스럽게 옆 사람의 물

통을 채워줄 수가 있다. 내 물통만 가득 차 있다고 행복할 수는 없다. 우리 회사 모든 사람이 기분이 안 좋다면, 곧 그들의 언어와 행동으로 나의 기분 또한 더러워질 수가 있다. 나를 통해 바로 옆 사람의 물통에 물이 차기 시작한다면 회복된 그 사람을 통해 그 옆 사람의 물통도 채워지게 될 것이다. 물통이 흘러넘치게 해라! 나를 통해 옆 사람의 물통이 흘러넘치게 된다면 내가 다운되었을 때 옆 사람이 역으로 나의 물통을 가득 채워 줄 것이다.

리우 올림픽 펜싱영웅 박상영 선수를 기억할 것이다. 진심이 담긴 할 수 있다라는 말을 자신에게 하고 난 뒤 경기에 임했고 불가능하게 보였던 경기를 역전 시켰다. 펜싱 경기도 여러 가지 규칙이 있다. 박상영 선수가 출전했던 에페의 규칙을 아는가? 에페 경기는 동시에 타격을 하게 되면 둘 다 점수를 얻게 된다. 그런데 박상영 선수가 9:13으로 지고 있는 상황이었다. 이제는 거의 졌다고 봐야 한다. 2세트가 끝난 후 잠시 쉬어가는 시간에 박상영 선수는 자신에게 이렇게 외쳤다. "할 수 있다. 그래 나는 할 수 있다"그리고 경기에 임했고 정말 기적적으로 경기를 뒤집었다. 그런데 박상영 선수가 할 수 있다라고 외칠 수 있게 된 이유를 아는가? 평창 올림픽이 아니고 리우 올림픽이었다. 앉아서 쉬고 있는 박상영 선수를 향해서 관중석에서 누가 함성을 질렀다. "할 수 있다!" 이 말을 들은 박상영 선수가 "그래 할 수 있다. 나는 할 수 있다!"를 외치게 된 것이다. 한 명의 외침. 그리고 그 외침을 받아들인 박상영 선수는 금메달을 목에 걸 수 있게 되었다. 만약 관중석에서 "할 수 있다."라고 외쳐주지 않았다면 어떻게 되었을까? 바닥을 향해 드러내고 있던 박상영 선수의 물통에 이름도 모르는 한 관중의 외침을 통해 박상영 선수의 물통이 순식간에 가득 찰 수 있게 되었다. 모두가 승부를 뒤집기엔 늦었다고 생각할 때 말이다. 아마 코치도 포기했었을 것 같다. 시끄러운 경기장의 소음을 뚫고 박상영 선수에게 전달된 한마디! "할 수 있다." 관중석 누군가의 외침에 고개를 끄덕였던 박상영 선수. 물이 반 밖에 남지 않았는데 무슨 할 수 있어가 아니라 물이 반 밖에 남지 않았으니 더욱 경기에 집중하자. 무조건 막고 찌른다!라는 생각을 할 수 있었다고 생각한다. 14:11. 14:12. 14:13. 14:14 14:15 !!동시타 허용 없이 연속 5점 득점 성공하며 금메달을 목에 걸었다. 할 수 있다. 혼잣말도 주문도 아닌 지켜본 모두가 염원을 담아 보낸 뜨거운 응원. 그래 너도 할 수 있어.

08

물통이 흘러넘치게 하라

물통에 어떤 버킷을 담고 살고 있는가? 꿈이 넘쳐서 하고 싶은 것이 너무 많아서 행복한 삶을 살고 싶지 않은가? 난 요즘 행복해 보인다는 말을 많이 듣고 있다. 그렇다. 난 정말 행복하고 재미있게 살고 있다. 그 어느 때보다 가장 나답게 살고 있고 내가 하고 싶은 버킷만 하며 살고 있다. 이 글을 마무리 하고 있는 지금 난 신호동에 있는 이디야에서 이 글을 쓰고 있다. 사장님께서 이런 말씀을 해주셨다. "사람들의 표정만 봐도 어떤 사람인지 알 수 있는데, 표정이나 쓰는 언어를 보면서 행복한 사람인 것 같더라. 근데 뭐하는 사람인지 궁금하네요." 가끔 물통이 비워질 때도 있지만 절대 하루를 넘지 않는다. 계속 자신의 버킷(물통)을 체크하길 바란다. 방법은 간단하다. 물통에서 물이 빠져나가는 것을 막아라. 타인에 의해서든 자신에 의해서든 어떤 이유를 막론하고 물통에서 물이 빠져나가는 것을 막아라. 혹시 이물질이 들어 왔다면 차라리 물을 다 엎어버리고 빨리 깨끗한 물로 자신을 채워라! 신호동에 아름다운 이디야 사장님께 내가 하는 일을 알려드렸더니, "부자인가요? 젊어 보이는데?"라고 말씀해주셨다. "감사합니다. 덕분에 제 물통이 가득 찼습니다." 내가 하는 말을 듣고 나서 이런 말씀을 해주셨다. "그래서 행복해 보였구나. 나도 나의 행복을 위해서 요즘 남는 시간에 평소에 하고 싶었던 영화도 보고 내가 하고 싶은 것들을 하나씩 해 보고 있어요. 특히 책을 읽기 시작했는데, 책을 읽고 나면 내가 어떤 책을 읽었는지 까먹게 되는 경우가 많잖아요? 그래서 책을 읽고 나면 내 손을 올려놓고 사진을 찍어요. 요즘 하고 싶은 일을 하니 저도 행복해지는 것 같아요." 내가 읽었던 한 권의 책으로 끝날 수 있었지만 그 책 위에 내 손을 얹고 사진을 찍는 순간! 그 책은 이제 나에게 다른 의미로 다가오게 될 것이다. 기억한다는 것! 그것은 정말 멋진 일이다. 사장님을 응원한다. 가끔 물통을 채워드리러 오겠습니다. 바로 내가 쓰고 있는 책의 내용이지 않은가? 내 책을 읽은 사람들이 이디야사장님처럼 버킷을 하나씩 이루면서 행복한 삶으로 이사왔으면 한다.

그리고 타인이 나의 물통을 더럽히지 못하게 만들기 위해 먼저 타인을 세워줘라. 이디야 사장님처럼! 나의 이디야 닉네임은 '낮은 꽃'이다. 닉네임을 본 사장님이 적립을 해주시다가 닉네임을 보고 이런 말씀을 해주셨다. "낮은 꽃? 이름 이쁘다. 본인 얼굴처럼!" 내가 타인의 장점을 세워주고 타인을 위하는 마음이 전달된다면 누가 나를 싫어하겠는가? 싫어한다면 그 사람과 관계를 끊어야 된다. 지속하게 되면 나만 힘들어진다. 그리고 힘듦을 나눌 수 있는 사람을 항상 옆에 둬라! 그리고 나도 누군가에게 그런 사람이 되어주면 된다.

유명한 자기계발작가 존 고든의 책 〈레이첼의 커피〉에는 이런 말이 나온다. [주고, 주고 또 주라. 모든 주는 행위는 동시에 받는 행위가 될 때에만 존재할 수 있다.] 그렇다. 성공을 얻는 비결, 성공을 성취하는 비결은, 주고, 주고, 또 주는 것이다. 그리고 주는 것의 비결은 기꺼이 받는 것이다. 잘 주고 잘 받는 멋진 사람이 되길 바라며.

글을 마치며...

"새롭게 추가된 나의 버킷"

최근에 베트남 다낭을 여행하고 왔다. 혼자 떠난 여행이라 편한 것도 많았지만 불편한 것도 많았다. 2명타든, 3명타든 택시비는 같을 것이고 호텔에서 잠을 자더라도 2명에서 자도 요금을 똑같다. 뭔가 돈을 더 내는 느낌이 들었다. 돈은 뭐 그렇다고 치더라도 가장 나를 힘들게 한 것은 좋은 것을 봤을 때, 맛있는 것을 먹었을 때, 새로운 경험을 했을 때 즉석에서 나눌 말동무가 없다는 것이었다. 그러던 중 새로운 호텔로 옮겨서 체크인을 기다리고 있었다. 20분 정도 기다려 달라고 해서 로비에 앉아 있었는데, 호텔에서 일하시는 베트남 직원 분들이 어느 나라에서 왔냐며 질문을 하시기 시작했다. 다행히 대학교에서 한국어를 공부하셨기에 한국어로 대화를 주고받을 수 있었다.

K팝을 좋아하고, 한국드라마, 영화를 좋아한다고 한다. 그리고 특히 부산 아이돌을 좋아한다고 한다. 이야기가 끝이 나고 난 체크인하고 나의 방으로 올라갔다. 그리고 하루가 지나고 다시 체크아웃 할 시간이 다가왔다. 로비에서 잠깐 책을 읽고 나간다고 말하고 로비에서 책을 읽었다. 책을 읽던 중에 직원분이 내 앞에 앉게 되었고, 또 짧게 대화를 나누게 되었다. 혼자 밥먹는게 외로웠던 나는 직원분에게 몇시에 마치는지 물어봤고 딱히 할 게 없다고 해서 직원분과 저녁을 먹기로 했다.

저녁을 먹고 이제 나는 부산으로, 직원 분은 다시 집으로 돌아가야 할 시간이 왔다. 그리고 고마웠다며 인사를 하고 헤어졌다. 그리고 카톡으로 대화를 나누는 중 베트남 친구가 이런 질문을 했다.

"한국돌아가면 바로 일하러 가야 되나요?"
난 베트남친구에게 난 대표다. 그래서 출근 같은 것 안해도 되요라고 말을 했고, 내가 대표인 이유는 혼자서 일하게 때문이며, 나는 글도 쓰고, 강연도 하고, 멘토링도 해준다고 말을 해줬다. 그리고 핵심은

"꿈을 찾아주는 사람이에요."라고 말했더니

베트남 친구에게서 이런 답장이 왔다.

"내 꿈도 찾아주세요."

베트남은 우리나라 90년대와 비슷한 느낌이었다. 대학만 나오면 웬만한 곳에는 일을 할 수 있고 중산층 이상은 될 수 있는 시기. 그런데 이 친구는 나와의 대화를 통해 지금 하고 있는 일을 되돌아보게 되었고, 이 일이 아닌 자신이 진정 원하는 일을 하고 싶게 된 것이다. 내가 도와주겠다고 말을 하고 열심히 멘토링을 해주고 있다.

베트남 친구와의 대화를 통해 새로운 꿈이 생겼다. 90년대 한국

처럼 발전만 하고 있는 베트남에 진정으로 자신을 찾고 자신이 해야 될 사명으로 삶을 살아갈 수 있게 도와준다면 베트남은 우리와 다른 나라가 되지 않을까라는 생각을 하게 되었고 베트남을 위한 책을 쓰고, 베트남 쪽으로 동기부여가 강사로 활동을 해야겠다는 꿈이 생겼다.

한 사람의 메시지로 한 베트남 친구가 꿈에 대해 생각하게 되었고, 한 베트남 친구가 꿈에 대해 생각하는 모습을 보며 베트남에 내가 설 수 있는 새로운 가능성을 보게 되었다. 세상은 넓고 할 일은 너무 많다. 수많은 잡음 속에서 뭔가 중요한지도 잊은 채 남들이 하는 것들을 따라하며 불안해하지 말고 자신의 존재 이유를 찾았으면 한다. 당신만이 할 수 있는 일이 있다. 세상은 당신이 필요하다. 진정한 자유란, 자기 존재 이유를 찾아, 그 존재 이유대로 살아가는 것이라고 나는 생각한다.

젊은이들이여, 세상에는 문제가 많고 할 일은 넘쳐난다. 경쟁과 스펙에서 벗어나서 세상을 조금만 돌아보자. 세상에는 할 일이 넘쳐나고 있다.

스펙은 기계에게 적용하기 위해 만든 것이다. 이전 휴대폰보다, 노트북보다 사양이 좋은가? 감히 인간에게 붙일 단어가 아니다. 인간은 스펙이 아닌 스토리로 승부해야 된다. 당신은 기계가 아니다. 스펙의 최종 종착지는 사람과의 경쟁이 아닌 Ai와의 경쟁이다. 당신이 아무리 스펙을 쌓아도 Ai를 이길 수 없다. 스펙을 쌓아서 ai를 이길 수 있다면 열심히 쌓아라. Ai를 이길 수 없다면 스펙을 버리자. 4차 산업의 핵심은 "나를 브랜딩해서 세상과 박자를 맞추는 것이라고 생각한다."

2018년 4월 봄날 볕이 좋은 날에

저자 **안병조**

'죽기 전에 꼭 하고 싶은 일'을
'매일 실천하며 행복한 삶을 사는 일'로
탈바꿈 하고 싶은 당신에게

이 책을 바친다.